国家古籍整理出版专项经费资助项目

三曹集

章培恒　安平秋　马樟根　主编
殷义祥　导读
刘仁清　审阅

中华文史名著精选精译精注·全民阅读版

凤凰出版社

图书在版编目（CIP）数据

三曹集 / 殷义祥导读. -- 南京 : 凤凰出版社，2020.8
（中华文史名著精选精译精注 : 全民阅读版 / 章培恒，安平秋，马樟根主编）
ISBN 978-7-5506-3167-0

Ⅰ. ①三… Ⅱ. ①殷… Ⅲ. ①古典诗歌－诗集－中国－魏国 Ⅳ. ①I222.736.1

中国版本图书馆CIP数据核字(2020)第063037号

书　　名	三曹集
导　　读	殷义祥
责任编辑	孙　州
书籍设计	徐　慧
出版发行	凤凰出版社(原江苏古籍出版社) 发行部电话025-83223462
出版社地址	南京市中央路165号,邮编:210009
出版社网址	http://www.fhcbs.com
照　　排	凤凰零距离数字印前中心
印　　刷	苏州市越洋印刷有限公司 苏州市吴中区南官渡路20号　邮编:215104
开　　本	880毫米×1230毫米　1/32
印　　张	9
字　　数	184千字
版　　次	2020年8月第1版　2020年8月第1次印刷
标准书号	ISBN 978-7-5506-3167-0
定　　价	45.00元 (本书凡印装错误可向承印厂调换,电话:0512-68180638)

目录

导读

一

汉末建安时期，是中国古代文学发展史上的一个重要时期。这一时期的文学发生了许多深刻变化，表现出与以前文学截然不同的崭新特点和面貌，取得了辉煌灿烂的成就。文学史上称这一时期的文学为“建安文学”。

建安(196—220)是东汉最后一个皇帝献帝刘协的年号，但史学上所称的建安时期往往超出这二十五年，大体上还包括三国初期的一段时间。这一时期，天下大乱，兵连祸结，社会极度动荡不安，社会经济、政治、思想、文化、艺术等各个方面都有急剧的变化和发展。轰轰烈烈的黄巾农民大起义，从根本上动摇了东汉王朝的统治，沉重地打击了封建地主阶级。农民大起义失败以后，在农民起义的血泊中崛起的大小封建军阀，纷纷拥兵自重，在东汉王朝的废墟上，建立起许多封建割据势力。他们观兵问鼎，互相混战。在这场大混战中，曹操对现实有着较为清醒的认识，实行了一些打击豪强、抑制兼并和有利于发展生产的开明措施，政治军事实力发展很快。他相继灭掉了吕布、张绣、袁绍等，逐步统一了中原广大地区，安定了北方的政治局面，成了北方的实际统治者。公元220年曹丕代汉自立，接着，孙权、刘备也相继在江南、西南建国称号，形成了魏、蜀、吴三国鼎足而立的局面。

这几十年的军阀混战，使社会生产力遭到空前的大破坏，使人民陷入水深火热之中，广大地区出现了“人相食啖，白骨盈积”“千里无烟，遗民困苦”的凄惨景象。曹操一次带兵路过家乡谯地，发现“旧土人民，死丧略尽，国中终日行，不见所识”(《三国志·魏志·武帝纪》)。这种景象直到魏明帝时还未能恢复过来。魏明帝太子舍人张茂在上书中曾说：“自衰乱以来，四五十载，马不舍鞍，士不释甲，每一交战，血流丹野，创痍号痛之声，于今未已。”(《三国志·魏志·明帝纪》注引《魏略》)可见这场惨祸的严重程度。

另一方面，社会的巨大变动，引起社会思潮的急剧变化。自汉武帝以来一直处于独尊地位的儒学思想受到严重冲击，人们的思想开始从儒学礼教的束缚下解放出来，从一般屈从于神学目的论和谶纬宿命论的支配控制下挣脱出来，开始从其它学派中寻找思想武器和精神支柱。所以，在这一时期，名、法、道等家思想都有新的发展，外来的佛教也日趋兴起，整个思想界非常活跃。伴随着这种哲学的解放和人的觉醒，艺术创造也进入一个新时期。这就是包括三曹在内的建安作家生活与创作的“建安文学”时期。

建安文学一般是指建安时代的北方文学，其作家基本集中在曹氏父子周围。这些作家都亲身经历了汉末大乱，饱受战乱之苦，接触到广泛的社会现实，对战乱给社会和人民带来的灾难有很深的感触和同情；同时，他们都有一定的积极进取精神，在政治上支持拥护曹操，希望借助曹操的力量建功立业，实现自己的政治理想和抱负。因此，描写那个时代的动乱现实，歌唱建功立业、拯世济物的雄心抱负成了他们诗歌中的重要主题。他们直接继承汉乐府民歌的现实主义传统，写出了许多反映社会丧乱和民生疾苦，表现他们理想壮志的诗篇。这些诗篇不仅对当时社会现实有着真实深刻的反映，富有时代气息，而且还形成了独特的艺术风格。在诗歌创作上，他们"慷慨以任气，磊落以使才。造怀指事，不求纤密之巧；驱辞逐貌，唯取昭晰之能"（刘勰《文心雕龙·明诗》），表现出一种刚健有力、慷慨悲凉之风；而这种诗风形成的原因诚如前人所言："良由世积乱离，风衰俗怨，并志深而笔长，故梗概而多气也。"（《文心雕龙·时序》）这里说的"慷慨以任气，磊落以使才""雅好慷慨""梗概而多气"，就是钟嵘《诗品》中所说的"建安风力"，也就是后人所称的"建安风骨"。这种建安诗人共有的显著特色，是时代精神在诗歌创作中的具体体现。

在建安作家群中，曹氏父子（曹操、曹丕、曹植）和"建安七子"（孔融、陈琳、王粲、徐幹、阮瑀、应场、刘桢）最负盛名，而曹氏父子又是其中的佼佼者。他们是建安文学的开创者和建安文学实绩的体现者。他们的诗歌最鲜明地体现了建安文学的精神和风貌，从中可以看到一个文坛"彬彬大盛"、创作空前繁荣的时代风貌。

二

曹操(155—220),字孟德,沛国谯(今安徽亳州市)人。他是东汉末期一位杰出的军事家和政治家,也是一位成绩卓著的文学家。他“外定武功,内兴文学”(《三国志·魏志·荀彧传》注引《彧别传》),为开一代诗风作出了巨大贡献。《文心雕龙·时序》篇说:“魏武以相王之尊,雅爱诗章。”在群雄逐鹿、戎马倥偬中,他不仅把大批文人学士集中在自己身边,倡导和鼓励他们创作,形成了一个“百川赴巨海,众星环北辰”的邺下文学集团,而且自己也创作了许多内容深刻、富有时代特点的优秀诗篇,为“建安文学”奠定了基础,开创了建安一代的新诗风。

曹操在文学上的成就主要是诗歌,现存二十余篇,全部是袭用旧题的乐府歌辞。史家说他“御军三十余年,手不舍书……登高必赋,及造新诗,被之管弦,皆成乐章”(《三国志·魏志·武帝纪》注引《魏书》),他的这些乐府诗,不是单纯地模拟乐府的形式,更不是袭用古题古意,而主要是吸收乐府民歌的现实主义精神,用旧题写新辞,反映新的内容,表现新的精神。如他的《蒿里行》,就概括了袁绍、袁术等军阀假借讨伐董卓的名义,各怀异心、争权夺利、互相混战的史实,突出地描写了军阀混战所造成的令人触目惊心的惨象,表现出作者强烈的悲愤感情。诗人写道:“铠甲生虮虱,万姓以死亡。白骨露于野,千里无鸡鸣。生民百遗一,念之断人肠。”往昔一派繁盛的中原地区,由于军阀混战,竟变成了人烟绝迹、鸡犬不闻、白骨盈野的荒凉之地。这种对社会残破景象的真实描写，是当时历史的真实记录。与此篇同被后人称为“汉末实录”的《薤露行》，也是如此。诗人以沉痛愤慨之笔，叙写了何进误国、董卓焚烧洛阳而挟帝胁民西迁长安的情景，真实地反映了当时动乱的政治现实和人民的苦难，可说是《蒿里行》的姊妹篇。这两首诗都是以挽歌写当时重大历史事实的，它们通过对当时社会现实的真切概括描写，表现了作者悯时伤乱的感情。

曹操是带兵打仗的军事统帅，他对战争生活有着切身体验。他的《苦寒行》和《却东西门行》反映了军旅生活的痛苦。前者是记述他北征高干时的行军生活。诗中着力描写山路诘屈，人马同饥；北风悲凉，雪落霏霏的艰苦行军，寄托“悲彼东山诗，悠悠使我哀”的悲慨。后者写久战在外的广大将士的怀乡之情，用比兴手法，表现长年征伐、转战四方的征夫“马不解鞍”“甲不离傍”的苦况，透露出诗人既同情将士，又志在“靖难”“图雄”的复杂情感。

曹操诗歌的另一个重要内容是直接披露个人情怀，表现其统一天下的壮志雄心和进取精神。例如，他的《短歌行》细致曲折地表达了求贤若渴的心情和平定天下的壮志。开头八句以悲凉的调子唱出了积久的忧思和苦闷，抒发人生短促的感叹。然而诗人的苦闷和忧思，主要是由于统一天下的壮志未酬。因此，诗中着力抒写了对贤才的渴望和平定天下的决心。字里行间，激荡着一股雄壮之气，充分显示了曹操悲凉沉雄的诗风。这种诗风，正是当时的时代精神的反映。

《龟虽寿》是《步出夏门行》的一章。全诗通过几个正、反的比喻，表现了曹操对人生的积极态度，充满着启人的深刻哲理。特别是“老骥伏枥，志在千里。烈士暮年，壮心不已”四句，显示了志士不甘衰老、老当益壮的奋发气概，读后令人振奋不已。曹操写这首诗的时候，已年过五十，诗里的这番话正是对自己的勉励，也是他积极进取精神的自我写照。此外，作为一首较完整的写景诗，《观沧海》章浓墨重彩描绘了大海吞吐日月、含孕群星的辽阔雄壮气派。“日月之行，若出其中；星汉灿烂，若出其里”这样的描写，是古代诗人表现博大境界的杰出诗句。

曹操是开一代诗风的人。他汲取汉乐府民歌的“感于哀乐，缘事而发”的精神，“用乐府题目自作诗”“叙汉末时事”，对后世社会批判诗的发展产生了很大影响。他的诗形成了自己的风格，无论是四言诗还是五言诗，都以充沛的感情、质朴的语言和雄健的气势，写得生动劲健、苍凉激越，有着政治领袖人物的胸怀和气魄，表现出明显的个性特征。正如敖陶孙《诗评》所说：“魏武帝如幽燕老将，气韵沉雄。”建安时期的文学开始向抒情化、个性化转化，曹操的诗是这个转化的表征。

三

曹丕（187—226），字子桓，曹操次子。建安十六年（211 年）为五官中郎将，二十二年立为太子，二十五年继曹操为魏王，随即废汉献帝刘协自立，改国号为魏，成为历史上所称的魏文帝。

曹丕在政治上比较平庸，不能与曹操相比。他执政七年，在统一国家的大业上无所成就，在其它方面也无重大建树。但是，他有文才，“好文学，以著述为务”(《三国志·魏志·文帝纪》)。他在《典论·论文》中宣称：“文章，经国之大业，不朽之盛事。”他在给王朗的书信里还说：“人生有七尺之形，死为一棺之土，惟立德扬名，可以不朽；其次莫如著篇籍。”曹丕把文学提到与事功相并立的地位，把立德扬名、著书立说都看成是人生的不朽盛事。他以太子、帝王的身份如此强调文学，对鼓励文士去积极地从事文学事业、活跃繁荣建安文坛、发展文学创作无疑起了很大的促进作用。当时，曹丕和邺下文人关系很是密切融洽。他们“行则连舆，止则接席”(见曹丕《与吴质书》)，诗酒酬唱，朝夕相处。可以说，当时邺下文人集团是以曹丕为中心，积极进行着著述与创作的。

另外，曹丕在《典论·论文》中还提出了“文以气为主”“诗赋欲丽”的创作主张。本来，两汉的诗，质有余而文不足，建安初期还紧承汉风，在诗歌创作上并没有“刻意求工”，而是“造怀指事，不求纤密之巧”。曹丕强调作家的个性和气质，注重艺术形式，崇尚文采，要求艺术价值，这便开启了“文学的自觉”，促进了诗歌个性化、抒情性的转化，从此诗歌创作开始了一个新时期。建安文学“革易前型”，表现出新的特点、新的倾向，为后来文人诗歌奠定了新的传统，这里面是有着曹丕的功绩的。

曹丕一生著述很多，有辞赋、诗歌，也有散文。现存诗篇，完整的约四十首，其中绝大多数是乐府诗。他的诗，语言清新自然，通俗明白，描写细腻，感情真挚，表现出明显的抒情化、民歌化的特点。例如《杂诗》其二，写游子思乡之情，借浮云喻游子漂泊不定的人生遭遇，把游子流落异乡的惴惴不安的心情，表现得真切感人。其它如《杂诗》其一、《清河作》《于清河见挽船士新婚与妻别》《代刘勋出妻王氏作》《善哉行》其二等等，都能用清新晓畅、形象生动的语言，真实感人地抒写出游子思妇和恋人的那种缠绵悱恻的感情，带有汉乐府民歌和古诗的明显影响。特别值得提出的是《燕歌行》二首，作为曹丕最著名的作品（其一尤为出色），全诗以一种如泣如诉的笔调，细致入微地刻画了秋夜思妇缠绵悱恻的相思之情，是一篇难得的佳作。同时，这首诗还是现存文人诗歌中最早最完整的七言诗，尽管它逐句押韵，形式还不够成熟，但为后来七言诗的发展奠定了基础。

曹丕诗歌的形式多样，四言、五言、六言、七言和杂言无所不有。其中五言体最多，成就也较高，语言精美，气韵谐婉，在艺术上很成熟。他的七言诗体是一个创举，有开拓性意义。在他的许多杂言诗中，《大墙上蒿行》最有特点，全诗长达364字，句式有长有短，参差变化，灵活自由，对后来作家产生了一定影响。

当然，由于各种生活条件的限制，曹丕的诗歌成就远不如曹操。在内容上，他的诗无外乎描写男女爱情、离愁别恨和贵族享乐生活，反映的生活比较狭窄。在风格上，纤弱而缺少风力。刘勰说："子桓虑详而力缓。"（《文心雕龙·才略篇》）沈德潜说："子桓诗有文士气，一变乃父悲壮之习矣。"（《古诗源》）明代的钟惺更说："文帝诗便婉娈细秀，有公子气，有文士气，不及老瞒远矣。"（《古诗归》）这都是中肯的评价。

四

曹植(192—232),字子建,曹丕弟。建安十六年始封平原侯,十九年改封临淄侯,魏文黄初二年(221 年)改为鄄城侯,次年进封为王。后来他的封地屡被改迁,最后终于陈,死后谥“思”,世称陈思王。他是建安时期最负盛名、对后世影响最大的作家,“邺中诸子,陈王最高”(皎然《诗式》),钟嵘《诗品》称其为“建安诗杰”。从他留存下来的作品看,其成就确实高出同时代的作家。

曹植是一个很有才气的人。他在幼年时就表现出特异的文学才华,“年十岁余,诵读诗论及辞赋数十万言,善属文”,能“言出为论,下笔成章”(《三国志·魏志·陈思王植传》),因此很为曹操所宠爱,曾几次想立他为太子。但终因他“任性而行,不自雕励,饮酒不节”“性简易,不治威仪”(同上)而失去了曹操的欢心,结果在与曹丕争夺太子地位的暗斗中失败。曹操死后,曹丕嗣魏王,即对曹植不断地进行打击迫害,为了削弱曹植的力量,首先借故杀掉他最亲近的朋友丁仪、丁翼兄弟,随后又令其归藩,不得留居京都参与朝政,并派监国使严密监视他的行动,与此同时还屡次变易他的封地。此时的曹植虽身为王侯,实则囚徒。曹丕死后,曹叡即位,曹植依然生活在被猜忌、被迫害的险恶境遇中。就这样,曹植在曹丕父子的迫害下度过了十一年,最后汲汲寡欢、忧愤而死,年四十一岁。

生活上的巨大变化,直接影响着曹植的诗歌创作。他留存下来的诗作近八十首,多半是乐府诗,五言体为其主要形式,而且多为抒情诗。他的诗作印记着他的生活足迹，体现着他一生的生活情绪。

在曹丕称帝以前，曹植在父王的庇荫宠爱下，过着饮宴遨游、舒适安乐的贵公子生活，展现在他面前的是一片光明的前景，所以这时期的作品多是一些贵族生活的自状，如《公宴》《侍太子坐》《箜篌引》《斗鸡》等，“叙酣宴”“美遨游”，表现的是翩翩公子的情致。他的后期(220—232)创作，则是他痛苦生活经历和感受的记录，更多慷慨悲苦之音。《赠白马王彪》是他后期诗歌的代表作。在这篇作品中，曹植以沉痛激愤之笔，抒写了骨肉间生离死别的悲苦和政治上受迫害的忧愤，对曹丕所加于他的难以忍受的迫害，进行了大胆的揭露和愤懑的抗议。全诗充满着不能自已的哀怨、愤慨之情，真实地反映了作者在残酷政治迫害下的痛苦心情。此外，《七步诗》以萁豆相煎比喻骨肉相残，真实惊人地写出了迫害者与被迫害者的紧张关系和作者的沉痛心情；《吁嗟篇》以转蓬为喻形象地描写了他“十一年中而三徙都”的漂泊生活；《野田黄雀行》则曲折地表现出对曹丕排斥异己，杀害丁氏兄弟的愤怒和反抗。从这些诗中可以见出曹植这一时期的处境和思想感情。

曹植一生的理想是“戮力上国，流惠下民，建永世之业，流金石之功”(《与杨德祖书》)。他这种建功立业的雄心就是在受曹丕父子迫害的险恶处境中也没有衰歇。他在《责躬诗》《求自试表》《陈审举表》中都很明白地要求得到立功自效的机会，但从未获得曹丕父子的允许。因此，抒写以身许国和报国无门、壮志难酬也成为曹植后期诗歌创作的重要内容。在《白马篇》中，曹植借描写游侠少年，抒发了自己的报国情怀。游侠少年的“捐躯赴国难，视死忽如归”的忠勇,正是曹植不惜牺牲,以身许国精神的写照。《杂诗六首》则抒写了他渴望献身于统一事业而不能的苦闷,一股壮怀激烈、慷慨悲愤之情溢于言外。其它像《鰕䱉篇》写怀才不遇、倍感压抑的情绪;《杂诗》其四以佳人作比,说世俗不重贤才,志士不伸,透露出对自身徒怀奇才而不见世用的感慨。这些诗写得慷慨悲壮,很能反映曹植这一时期的思想情绪。

另外,曹植还写了一些游仙诗。这些诗有的由于他受了当时盛极一时的道家迷信思潮的影响,如《桂之树行》。但有些游仙诗,是借神仙之事以寄情怀,其中不乏"忧患之辞",可当成咏怀诗来读。像"九州不足步"(《五游》)、"中州非我家"(《远游》)、"四海一何局,九州安所如"(《仙人篇》)等等,分明是发泄对现实生活的不满和激愤。

曹植的诗主要是抒写个人的不幸和情怀,很少反映社会现实。只有《送应氏》第一首和《泰山梁甫行》两诗接触到社会现实生活,前者描写了洛阳的残破景象,深刻地反映了战乱造成的灾难;后者描写了当时边海人民的贫苦生活,表现了对人民疾苦的同情。

曹植的诗在艺术上有很大的独创性,形成了自己的风格。钟嵘《诗品》评其诗"骨气奇高,词采华茂"。敖陶孙《诗评》说:"曹子建如三河少年,风流自赏。"这的确抓住了曹植诗的艺术风格。他的诗富有生活气息和真实感情,充满着热烈的追求和反抗。特别是他的歌唱理想抱负、抒发壮志难酬的悲愤诗篇,写得壮怀激烈,气势纵横,形成一种刚健深厚的"壮美"。如《白马篇》《杂诗》其五等诗中,充溢着对英雄业绩的向往和对国家的一片忠心,读来令人振奋;《鰕䱉篇》中"抚剑而雷音,猛气纵横浮"的诗句,反映出壮烈的情怀;《赠白马王彪》感情激动地大声疾呼“苍蝇间白黑，谗巧令亲疏”，表现了对不平迫害的无比愤慨；《野田黄雀行》“高树多悲风，海水扬其波。利剑不在掌，结交何须多”的诗句，雄浑峻拔，情怀悲凉。正是这种激越悲壮的感情，纵横奇放的气势，形成了曹植诗“骨气奇高”的风格和情调。但是，他的“骨气奇高”，又不同于曹操的“古直”，而是达到了与“词采华茂”的统一。沈约《宋书·谢灵运传论》评他的诗是“以情纬文，以文被质”，可谓一语破的。曹植的创作，注重艺术表现技巧，讲究词藻丰富华美，善于运用比喻、安排警句，在对偶、炼字等方面也颇下功夫。所以他的诗呈现出“辞极赡丽，然句颇尚工，语多致饰”的特点。在曹植以前，诗家对语言精美的要求尚不自觉，因此语言古朴率直有余而文采不足。诗至曹植，风格一变。

曹植以极大的艺术独创性，拓展了五言诗创作的新天地。他的五言诗脱胎于汉乐府，而又有很大的发展和革新。首先他将乐府的以叙事为主转向以抒情为主，灵活地运用乐府形式抒写自己的情怀，使诗有了鲜明的个性。其次，曹植在汲取汉乐府民歌清新流丽、质朴自然等特点的基础上，又加以创造和发展，改变了汉乐府的古朴的语言风格，形成了个人新颖优美、雅丽自然的语言特征，从而提高了诗歌的艺术性，为后来文人诗歌创作提供了很多有益的经验，因而发生了很大的影响。

这个选本共选译了曹操、曹丕、曹植三人的 91 首诗，其中曹操 9 首、曹丕 22 首、曹植 60 首。每首都有题解、注释和译文。本书在撰写过程中，曾参考了国内一些学者和专家的有关著作，并从中吸收了一些研究成果，文中未能一一注明，在此一并说明和致谢。

本书是为具有中等文化程度的读者撰写的一种普及读物，注释力求通俗易懂，译文务求直译，间以意译弥补直译之不足。翻译古诗，并非易事；要译得好，即要译得准确、优美、保持原诗的特色则更难。我力求向这个方向努力，但由于水平的限制，虽几易其稿，仍不如人意。恳切希望广大读者、学者和专家们多多赐教。

书稿完成后，承蒙吉林大学古籍所吕绍纲先生通阅了全稿。在修改过程中，刘仁清先生对书稿提出了许多宝贵具体的修改意见，颇为中肯，在此表示深深的谢意。

殷义祥

曹操诗

度关山

《度关山》是乐府旧题，其乐调属《相和歌·相和曲》。本篇作者自述其治国之道。诗中强调执政者应当励行节俭，执法严正，宽厚爱民，反对奢侈享乐和过度的役使百姓，从中可以窥见曹操的政治理想和治国主张。

天地间，人为贵。立君牧民[①]，为之轨则[②]。车辙马迹，经纬四极[③]。黜陟幽明[④]，黎庶繁息。於铄贤圣[⑤]，总统邦域。封建五爵[⑥]，井田刑狱[⑦]。有燔丹书[⑧]，无普赦赎。皋陶甫侯[⑨]，何有失职？嗟哉后世，改制易律。劳民为君，役赋其力。舜漆食器，畔者十国[⑩]。不及唐尧[⑪]，采椽不斲[⑫]。世叹伯夷[⑬]，欲以厉俗[⑭]。侈恶之大，俭为共德。许由推让[⑮]，岂有讼曲？兼爱尚同[⑯]，疏者为戚。

---

① 牧民：指治理百姓。 ② 轨则：轨范，法规。 ③ 经纬：指道路，这里用作动词，是巡行的意思。 ④ 黜(chù)：贬退。陟(zhì)：提升。

幽明：指恶与善。 ⑤ 於（wū）：叹词。铄：美。 ⑥ 五爵：爵位分公、侯、伯、子、男五等。 ⑦ 井田：相传周代的一种制度，因形如“井”字，故名。 ⑧ 燔（fán）：焚烧。丹书：用红色书写的犯人罪案。 ⑨ 皋陶（yáo）：人名。相传为舜的刑狱官，执法很严明。甫侯：即吕侯，周穆王时为司寇，即掌管刑狱的官。 ⑩ 舜：传说中的古代帝王。畔：同“叛”。据《说苑》载，舜继尧为天子，刻木为食器，并涂以漆釉，生活不像尧那么俭朴，便有十三国背叛他。“十国”是举其成数。 ⑪ 唐尧：相传为古代的贤君，国号陶唐氏，史称唐尧。 ⑫ 采：柞木。斲（zhuó）：砍削。 ⑬ 伯夷：人名，商末孤竹君的长子，父亲死后与弟叔齐互让君位。商亡，逃隐首阳山，誓不食周粟，采薇而食，后饿死。 ⑭ 厉：劝勉。 ⑮ 许由：人名。相传尧要把天下让给他，他不但不肯接受，反认为这是对他的玷污，于是逃走隐居起来。 ⑯ 兼爱、尚同：战国初期思想家墨翟的主张。他提倡人要“兼相爱，交相利”，认为人与人讲究相爱，就不会彼此伤害；又主张天下百姓必须上同于天子。

翻译

天地之间，

人最宝贵。

立君治理百姓，

为他们制定法规。

车辙马迹遍及四方，

天子巡视东南西北。
罢斥邪恶，提拔良善，
使百姓蕃育生息。
啊，古代圣明的君主，
统治国家治天下，
分封诸侯爵位分五等，
建立井田制，制定刑律法规。
宁可烧毁罪案记录不加刑罚，
也不许胡滥赦免和赎罪。
皋陶、甫侯执法严明公正，
哪里有什么失职之罪？
唉，可叹的后世君主，
改变先王的制度法律。
做君主使百姓受尽劳苦，
横征暴敛耗费民力。
舜讲享受漆食器，
招致十国的叛离。
不如唐尧好尚节俭，
柞木作椽不加雕饰。
世人纷纷赞美伯夷，
是为提倡好的社会风气。
奢侈是最大的罪过，

节俭是共同的美德。
都像许由那样讲谦让，
还有谁诉讼争曲直？
讲求兼爱和尚同，
疏远的也会成为亲戚。

薤露行

《薤露行》属乐府《相和歌·相和曲》。《薤露行》和下篇《蒿里行》都是出殡时挽柩人唱的挽歌。古辞相传为田横门人哀挽田横之作，说人的生命短促，如薤叶上的露水，转瞬即干。曹操用此题写时事，记述了何进误国、董卓殃民的罪行。东汉中平六年（189 年），汉灵帝死，少帝刘辩即位，何太后听政。太后的哥哥大将军何进，欲谋诛宦官，于是密召董卓入京助己。事泄，宦官张让等抢先动手，杀死何进，并劫持少帝和陈留王刘协出走。董卓入京后，把少帝迎还宫中，但不久就废少帝为弘农王，旋即又把他杀死，立陈留王为帝，即献帝。董卓祸乱朝纲，大权独揽，肆意杀戮，引起朝野不满。初平元年（190 年）正月，以袁绍为首的东方各州郡起兵讨伐董卓。董卓迫于压力，遂焚烧洛阳，胁迫天子、百官和洛阳百姓西迁长安。这首诗就是写这一历史事变的。诗中斥责了何进的愚昧无能，控诉了董卓的罪行，抒发了作者哀伤悲愤的感情。后人曾赞此诗是“汉末实录，真诗史也”。

惟汉廿二世[①]**，所任诚不良**[②]。

沐猴而冠带[③]**，知小而谋强**[④]。

犹豫不敢断，　因狩执君王[⑤]。

白虹为贯日[⑥]，己亦先受殃[⑦]。

贼臣持国柄[⑧]，杀主灭宇京[⑨]。

荡覆帝基业[⑩]，宗庙以燔丧[⑪]。

播越西迁移[⑫]，号泣而且行[⑬]，

瞻彼洛城郭，　微子为哀伤[⑭]。

---

① 惟:句首语助词。廿二世:从汉高祖刘邦起到灵帝刘弘止,共二十二代。　② 所任:指何进。　③ 沐猴:楚人称猕猴为沐猴。这句是讽刺何进像穿衣戴帽的猴子,空有人样而无智慧。　④ 知:同“智”。谋强:谋划大事,指何进欲诛宦官事。　⑤ 狩:古代称皇帝出外巡视为狩。执君王:指宦官张让、段珪劫持少帝和陈留王出奔洛阳北小平津事。此句说“狩”,是为天子隐讳。　⑥ 白虹:空中的白色云气。贯:穿。白虹贯日是一种天象,古人迷信,认为天空出现这种天象,是一种凶兆,将有祸及天子、大臣的事情发生。这里是指董卓杀少帝事。　⑦ 己:自己,指何进。弘农王在初平元年(190 年)正月被杀,何进于前一年八月被张让所杀,故说“先受殃”。　⑧ 国柄:国家政权。中平六年(189 年)九月董卓杀何太后,自为太尉,十一月进为相国,独揽朝政。　⑨ 宇京:京都,指洛阳。　⑩ 荡覆:倾覆。⑪ 宗庙:皇帝的祖庙。燔丧:烧毁。初平元年二月,董卓挟天子西迁长安,遂焚宫室。　⑫ 播越:迁徙。西迁移:指西迁长安。　⑬ 且:通“徂”,往。　⑭ 微子:名启,纣王的哥哥。商亡后,微子路过殷墟,

见宫室毁坏，长满了庄稼，就作了一首《麦秀歌》(《史记》说是箕子作)表示哀伤。这里是作者以微子自比。

翻译

那汉朝第二十二代君王，
所任用的大臣实在不良。
好像猴子穿衣戴帽，
小智低能却要谋事图强。
存亡关头优柔寡断，
造成阉宦劫持君王。
白虹贯日显示凶兆，
何进自己先遭祸殃。
贼臣董卓窃夺大权，
杀死少帝焚毁洛阳。
倾覆汉室帝王基业，
刘氏宗庙焚烧一光。
天子播越西去长安，
号呼悲泣上路流亡。
眼望洛阳城廓残破，
我如微子，一样悲伤！

蒿里行

《蒿里行》属乐府《相和歌·相和曲》，也是出殡时唱的挽歌，说人死魂归蒿里。曹操的这首诗是借旧题写时事，叙述汉末军阀混战所造成的凄悲景象，也是当时社会现实的实录。初平元年（190 年）正月，关东各州郡起兵联合讨伐董卓，推渤海太守袁绍为盟主。但他们各怀打算，所以会师后都徘徊观望，谁也不肯进兵，随后又为争权夺利而自相残杀，造成百姓的大量死亡和社会生产的严重破坏。这首诗就是反映这一史实的，它对造成丧乱的封建军阀进行了揭露和控诉，对惨遭荼毒的百姓表示深切同情。全诗描写真实形象，情调悲苦苍凉。

关东有义士①，兴兵讨群凶②。
初期会盟津③，乃心在咸阳④。
军合力不齐，踌躇而雁行⑤。
势利使人争，嗣还自相戕⑥。
淮南弟称号⑦，刻玺于北方⑧。
铠甲生虮虱⑨，万姓以死亡⑩。
白骨露于野，千里无鸡鸣。

生民百遗一，　念之断人肠！

---

① 关东：指函谷关以东地区，即今河南省、山东省一部分地区。义士：指起兵讨伐董卓的关东各州郡的将领。　② 群凶：指董卓及其僚属。　③ 盟津：地名，即孟津，在今河南孟州市南。相传周武王伐纣曾在此处会合八百诸侯，诗隐以相比。　④"乃心"句：用《尚书·康王之诰》"虽尔身在外，乃尔罔不在王室"的典故，即"乃尔王室"意，关心国事，忠于朝廷。乃尔：他们的心。咸阳：地名，秦都城，在今陕西咸阳市东，这里代指王室。　⑤ 雁行：飞雁的行列。这里形容讨伐董卓的各军互相观望，只是列阵，谁也不肯争先进攻。⑥ 嗣还（读作 xuán）：其后不久。戕（qiāng）：残杀。这句指袁绍、韩馥、公孙瓒等为争权夺利而互相攻杀。　⑦ 淮南弟：指袁术。袁术是袁绍的从弟，建安二年（197 年），袁术在寿春（今安徽寿县）称帝。⑧ 玺（xǐ）：皇帝的印章。袁绍于初平二年（191 年）谋立幽州牧刘虞做天子，刻制金印。北方：与"淮南"相对而言，当时袁绍屯兵河内（今河南沁阳），故称北方。　⑨ 铠（kǎi）甲：古代将士作战时披挂的用以护身的金属或皮革制成的甲衣。虮：虱卵。　⑩ 万姓：百姓。以：因此。

翻译

关东各州各郡的义士，

举兵讨伐董卓和帮凶。

当初，期望孟津大会师，
他们本想报效朝廷。
怎奈各军虽合心不齐，
彼此观望不肯进兵。
为争权势他们勾心斗角，
不久就互相火并动刀兵。
淮南袁术寿春称帝号，
北方袁绍刻玺谋立新朝廷。
征战不息铠甲生满虮虱，
惨遭战祸百姓大量丧生。
嶙嶙白骨遍山野，
千里不闻鸡啼声。
百姓百人里只剩一人啊，
想来令人肠断心悲愤！

对　酒

《对酒》属乐府《相和歌·相和曲》。本篇是作者政治理想的自述。它描绘了一个政通人和、万物咸遂、国泰民安的理想社会。在这里君贤臣良，政治清平，人人都讲礼法，没有犯罪，没有争讼，没有战乱，没有灾祸，社会安定和平，百姓安居乐业。当然，这种太平盛世只是作者的想象，并不是现实。但是，作者幻想出这样一个理想社会，并不是偶然的。它反映了作者的政治理想和“思治”的强烈愿望。作者的《度关山》一诗，也是写自己政治理想的，可以参看。

对酒歌，太平时，吏不呼门。王者贤且明，宰相股肱皆忠良[①]。咸礼让，民无所争讼。三年耕有九年储，仓谷满盈。班白不负戴[②]。雨泽如此[③]，百谷用成[④]。却走马[⑤]，以粪其土田[⑥]。爵公侯伯子男，咸爱其民，以黜陟幽明[⑦]。子养有若父与兄[⑧]。犯礼法，轻重随其刑。路无拾遗之私。囹圄空虚[⑨]，冬节不断[⑩]。人耄耋[⑪]，皆得以寿终。恩德广及草木昆虫。

① 股肱(gōng):大腿和臂膊。古代常以股肱比称辅佐皇帝的大臣。② 班白:即斑白,指头发花白的老人。负戴:用肩背负物品和用头部顶物,这里泛指繁重的体力劳动。 ③ 雨泽:雨水滋润。 ④ 百谷:泛指庄稼。用:以,因此。成:成熟丰收。 ⑤ 却:退。走马:善奔跑的好马。 ⑥ 粪:用作动词,就是在田中施肥料。语出《老子》:"天下有道,却走马以粪。"意思是说,天下太平,没有战争,所以用于战争的好马都可以回来耕田种地了。 ⑦ 黜陟幽明:见《度关山》注。⑧ 子养:待之如子。 ⑨ 囹圄(líng yǔ):监狱。 ⑩ 冬节:冬至日。断:判罪处决。史载,汉代在冬天判决罪犯,过了冬至这一天就不再判决了。 ⑪ 耄耋(mào dié):年九十叫耄,八十叫耋。

翻译

开怀畅饮放声唱,
太平盛世好时光,
差吏不来乱叫嚷。
君王贤能又圣明,
宰相大臣都忠良。
人人守礼讲谦让,
不打官司不告状。
三年耕种,
便能储藏九年粮,

家家粮食堆满仓。
头发花白的老年人，
不再肩背头顶苦奔忙。
风调雨顺年景好，
五谷丰登喜洋洋。
好马不再上战场，
田间运肥耕种忙。
爵有公侯伯子男，
个个爱民好心肠；
罢斥邪恶是非明，
提拔贤才有主张。
爱民如子真可道，
好似父母与兄长。
违犯礼法触刑律，
按罪量刑轻重适当。
路不拾遗无私心，
监狱空空无囚犯，
冬节不必杀人立刑场。
人人活到八九十，
长寿而终福禄长。
草木昆虫受恩惠，
君主恩德多深广！

陌上桑

《陌上桑》属乐府《相和歌·相和曲》。本篇是一首游仙诗。游仙诗产生很早，秦代就已出现。到汉末建安时期，由于社会动乱不安，战乱频仍，于是神仙之说盛行，求仙访道，幻想长生成为统治阶层中的一种普遍思潮，游仙诗也开始大量产生。这类诗或歌咏仙山灵域，描写列仙之趣，或借描写仙境以寄托情怀。曹操的这首游仙诗，描写他遨游太空、与神仙交游、受神仙秘道的事，反映了曹操思想中幻求长生、追慕神仙的消极一面。

驾虹霓①，乘赤云，登彼九疑历玉门②。济天汉③，至昆仑④，见西王母谒东君⑤。交赤松⑥，及羡门⑦，受要秘道⑧，爱精神。食芝英⑨，饮醴泉⑩，拄杖挂枝佩秋兰。绝人事⑪，游浑元⑫，若疾风游欻飘翩⑬。景未移⑭，行数千，寿如南山不忘愆⑮。

---

① 虹霓：彩虹。 ② 九疑：山名，即九嶷山，又名苍梧山，在今湖南宁远县东南。相传舜帝南巡，死于苍梧之野，后葬在九嶷山上。玉

门：关名，在今甘肃敦煌市西，是古代通往西域的必经关口。 ③ 天汉：银河。 ④ 昆仑：古代神话传说中的我国西方神山，为天帝的下界居所。 ⑤ 西王母：神话中的女神，居昆仑瑶池，为女仙之首。东君：天神，即太阳神。 ⑥ 赤松：即赤松子，古代传说中的仙人。相传他是神农氏时的雨师。 ⑦ 羡门：即羡门子高，古代传说中的仙人。 ⑧ 要：精要。秘道：指仙家的成仙长生的秘密法术。 ⑨ 芝英：灵芝的花。古人认为吃了灵芝可以长生不死。 ⑩ 醴泉：甘美的泉水。传说昆仑山上有醴泉。 ⑪ 人事：指人间世事，如功名利禄、饮食男女等世俗之事。 ⑫ 浑元：大气，指大自然，即天地宇宙。⑬ 欻(xū)：忽然，迅速。 ⑭ 景：同“影”，指日光。 ⑮ 愆(qiān)：过失。

翻译

驾御七彩长虹，
乘坐赤色霞云，
登上九嶷山巅，
经历雄关玉门。
渡过滔滔天河，
来到神山昆仑，
朝见西王母，
拜见太阳神。
同赤松子交友，

与美门高结邻，

接受奥秘的仙道，

把精神元气爱珍。

吃灵芝的鲜花，

饮甘美的醴泉，

拄持桂枝的手杖，

佩戴芬芳的秋兰。

排除人世间的世俗杂务，

遨游在天地宇宙之间，

在太空中急速飞行，

就像疾风一般。

日影还没移动，

已经飞走极远；

虽如南山一样长寿，

但过失永记心间。

短歌行

《短歌行》属乐府《相和歌·平调曲》。乐府有《短歌行》和《长歌行》，据《乐府解题》说，“短歌”和“长歌”是指歌声短长而言。曹操《短歌行》有二首，这里选的是第二首。这首诗先感叹人生无常，时光易逝，抒发自己壮志未酬的苦闷，继而抒写求贤若渴的耿耿赤忱，最后以周公自比，表达自己广揽人才以定天下的理想志愿。诗的开头虽嫌消沉，但全诗的基调还是高昂的，在深沉的忧郁之中激荡着一股慷慨激越的情绪，淋漓尽致地抒发了作者感伤离乱，叹息时光流逝、年华易老、功业难成和求贤建业的复杂心情。全诗往复跌宕，笔墨酣畅，苍凉激越，气韵沉雄，表现了曹操诗的基本艺术风格。

对酒当歌①，人生几何？譬如朝露，去日苦多。慨当以慷②，忧思难忘。何以解忧，惟有杜康③。青青子衿④，悠悠我心⑤。但为君故⑥，沉吟至今⑦。呦呦鹿鸣⑧，食野之苹⑨。我有嘉宾，鼓瑟吹笙⑩。明明如月，何时可掇⑪？忧从中来，不可断绝。越陌度阡⑫，枉用相存⑬。契阔谈

讌[14]，心念旧恩。月明星稀，乌鹊南飞。绕树三匝[15]，何枝可依？山不厌高，海不厌深。周公吐哺[16]，天下归心。

---

① 当：与“对”同义；一说是“应当”的意思。译文采用后说。 ② 慨当以慷：是“慷慨”的间隔用法，二字颠倒是为了叶韵。慷慨，形容歌声激昂不平。 ③ 杜康：人名，相传是古代最早造酒的人。这里作为酒的代称。 ④ 衿：衣领。“青衿”是周代学子的服装。 ⑤ 悠悠：长远的意思。以上二句是借用《诗经·郑风·子衿》中的成句，表达对贤才的思慕渴望。 ⑥ 但：只。 ⑦ 沉吟：低吟。 ⑧ 呦呦(yōu)：鹿的鸣叫声。 ⑨ 苹：艾蒿。 ⑩ 瑟：古代的一种弦乐器，有二十五弦。笙：古代的一种管乐器。以上四句是借用《诗经·小雅·鹿鸣》中的成句，表示自己愿意对贤士以礼相待。 ⑪ 掇(duó)：取得。 ⑫ 陌、阡：田间小道，东西为陌，南北为阡。 ⑬ 枉：枉驾，屈就。用：以，来。存：问候。 ⑭ 契阔：聚散，这里是久别重逢的意思。讌：同“宴”。 ⑮ 匝(zā)：周，圈。 ⑯ 周公：西周初年的政治家，姓姬名旦，周文王之子，武王之弟，成王即位，年幼，他佐成王摄政。吐哺：吐出口中咀嚼的食物。据《史记·鲁周公世家》载，周公一顿饭停下来三次，起来接待士人，唯恐怠慢士人而失去天下贤才。这里作者以周公自比，表示要谦逊、殷勤地接待贤才。归心：归服，拥戴。

翻译

对着美酒应当高歌，

人生能有多少岁月？

就像那早晨的露水，

逝去的日子恨太多。

歌声不平慷慨激昂，

内心的忧伤实在难忘。

用什么解除我的忧愁？

只有那醉人的酒浆。

你的衣领色青青，

我时时把你惦记在心。

只是为了你的缘故，

我低声吟咏到如今。

鹿儿呦呦叫不停，

呼唤同伴吃野苹。

我有尊贵的客人，

为他鼓瑟又吹笙。

皎皎一轮天上月，

何时才能摘下来？

心中涌起的忧愁啊，

永远也排解不开。

越阡穿陌远道来，
劳你屈驾来探问。
相聚宴饮叙心曲，
把往日情谊重温。
月儿皎皎星儿稀，
乌鹊栖遑南飞去。
绕着大树飞三圈，
哪一枝可以栖息？
山，永远不嫌高；
海，永远不嫌深。
我要像周公“一饭三吐哺”，
使天下贤士尽归心。

苦寒行

《苦寒行》属乐府《相和歌·清调曲》。本篇作于建安十一年(206年)曹操北征高幹时。高幹是袁绍的外甥,原为并州(今山西太原市)牧,建安九年曹操夺取冀州后,高幹投降曹操,曹操仍让他做并州刺史。但不久,他又叛离曹操,据守壶关。建安十一年春,曹操自邺城起兵,取道河内,北越太行山,征讨高幹。诗中描写了这次出征时的行军苦况。时值正月,天寒地冻,大雪纷纷,一路艰难险阻,人饥马困。诗的最后流露了作者希望尽早实现统一、罢兵休战的愿望。

北上太行山[①],艰哉何巍巍[②]!羊肠坂诘屈[③],车轮为之摧[④]。树木何萧瑟[⑤],北风声正悲。熊罴对我蹲[⑥],虎豹夹路啼。谿谷少人民[⑦],雪落何霏霏。延颈长叹息[⑧],远行多所怀。我心何怫郁[⑨],思欲一东归[⑩]。水深桥梁绝,中路正徘徊[⑪]。迷惑失故路[⑫],薄暮无宿栖[⑬]。行行日已远,人马同时饥。担囊行取薪,斧冰持作糜[⑭]。悲彼《东山》诗[⑮],悠悠令我哀。

① 太行山：山名。起自河南济源市，沿山西、河北边避连绵北延折入河北北部。高幹屯兵壶关（今山西长治），曹操自邺城起兵征讨，必北经太行山。 ② 巍巍：高峻的样子。 ③ 羊肠坂：地名，在今山西长治东南。坂（bǎn）：斜坡。诘屈：盘旋纡曲。 ④ 摧：损坏，折断。 ⑤ 萧瑟：风吹树木声。 ⑥ 罴（pí）：兽名，又称人熊，体有黄白花纹，是熊的一种。 ⑦ 豁谷：有溪水的山谷。山中居民多聚居在山谷有水处。 ⑧ 延颈：伸长脖子眺望。 ⑨ 怫（fú）郁：心中忧愁不安。 ⑩ 东归：回到东边的故乡。曹操是沛国谯（今安徽亳州市）人，所以说东归。 ⑪ 中路：中途，行军的半路上。 ⑫ 故路：旧路，原来的路。 ⑬ 薄暮：傍晚。宿栖：住宿睡觉的地方。 ⑭ 斧：用作动词，凿的意思。糜（mí）：稀粥。 ⑮《东山》：《诗经·豳风》篇名，是一首描写远征军人在还乡途中思亲念家的诗。

翻译

北征登上太行山，
山高岭峻多艰难！
羊肠坂路真崎岖，
一路颠簸车轮断。
风吹树木声萧萧，
北风呼啸发悲号。
熊罴当路面对我蹲坐，

虎豹夹道发威狂嚎叫。
谿谷荒凉人烟少，
大雪纷纷漫天飘。
抬头远望长声叹息，
长途跋涉思绪如潮。
我心郁郁多么愁闷，
真想东归返回故乡。
水深桥断难前进，
大军徘徊半路上。
行军迷路失方向，
傍晚还没有住宿的地方。
走了又走一天天远，
人疲马乏又渴又饥。
担着行囊边走边砍柴，
凿冰煮粥充饥肠。
想起那篇《东山》诗，
深深触动我的哀伤。

步出夏门行

《步出夏门行》又名《陇西行》，属乐府《相和歌·瑟调曲》。曹操的这组诗写于北征乌桓期间。乌桓是当时东北方的大患，经常兴兵南下骚扰，建安十一年（206年），乌桓曾攻破幽州，掠走汉民十万余户；同年，袁绍的残余势力袁尚、袁熙又投奔乌桓。曹操为了消除后顾之忧，安定北方，决定北征乌桓。建安十二年五月，曹操自邺城出发，七月经碣石，后因大水，改由卢龙塞绕道而行，八月入辽西，直捣柳城，大获全胜。这年九月，曹操自邺城引军还，次年春天正月回到邺城。这组诗大约就是在凯旋途中或以后写成的。

这组诗共五章：第一章是“艳”，即序曲，下面分《观沧海》《冬十月》《河朔寒》《龟虽寿》四章，是正曲。每章内容不同，可以独立成篇。正曲的各章末尾两句是入乐时加上的，和正文无关。

艳

“艳”是乐章的序曲。叙述了出师前众人意见分歧的情况。曹操部下诸将多数主张南征刘表，唯有谋士郭嘉主张北征，彻底消灭袁氏集团，打击乌桓，以安定巩固后方。最后曹操采纳了郭嘉的意见。诗的前五句记述的就是这种情况。诗的最后两句，当是曹操写七月经碣石遇大水时的惆怅心情。

云行雨步①，超越九江之皋②。临观异同③，心意怀游豫，不知当复何从。经过至我碣石④，心惆怅我东海⑤。

---

① 雨步：指下雨。 ② 超越：超过，指河水泛滥。九江：指洛阳夏门附近的九江。据《水经注》载，夏门附近旧有九江。一说，泛指各河道。皋（gāo）：水边高地。 ③ 异同：指南征刘表和北伐乌桓的两种意见。 ④ 碣石：山名。一说指《汉书·地理志》所载的骊成县（今河北乐亭县西南）的大碣山。此山于晋时陆沉渤海中。一说指河北昌黎县北十五里的碣石山。此山离海约三十里，主峰娘娘顶海拔695米，天晴时登之可以远眺大海。另一说指现在的姜女坟。⑤ 东海：指渤海。

翻译

云在翻滚啊雨在下，

大水淹没了九江岸。
行前我听了各种意见，
心里犹豫乱如麻，
不知当把哪种主张采纳。
大军经过碣石山，
心中惆怅来到东海边。

观沧海

这是正曲的第一章，写登临碣石眺望大海。诗中生动地描绘了大海吞吐日月、含孕群星的气势和壮观景象，表现了诗人的豪迈胸怀和昂扬奋发的精神。全诗气象宏伟，意境深远，是中国诗史上一篇优秀的托物言志、借景抒情的名篇。

东临碣石，　以观沧海①。
水何澹澹②，　山岛竦峙③。
树木丛生，　百草丰茂。
秋风萧瑟，　洪波涌起。
日月之行，　若出其中；
星汉灿烂④，　若出其里。
幸甚至哉，　歌以咏志⑤。

了农闲季节。 ⑨ 逆旅：客栈。 ⑩ 贾（gǔ）商：泛指商人。古称行商为商，坐商（指有固定店铺的商人）为贾。

翻译

初冬的十月，
北风打着旋涡。
天气肃杀冷清，
大地落满霜雪。
鹍鸡早晨声声啼叫，
大雁成行向南飞越；
猛禽畏寒已经潜藏，
熊罴也栖息在洞穴。
农具都已收起，
场院庄稼垛垛。
客店整饰开张，
接待过往商客。
十分庆幸啊，
用诗歌把情怀诉说。

河朔寒

又名《土不同》，是正曲的第三章，这一章写黄河以北广大地区的气候和民风。诗中写深冬的景象，与前一章所表现出的情调迥异。前一章呈现出一派和平安定景象，此章则描写出一派荒凉冷落景象。

乡土不同[①]**，河朔隆寒**[②]**。**
流澌浮漂[③]**，舟船行难。**
锥不入地，　芊藾深奥[④]**。**
水竭不流，　冰坚可蹈[⑤]**。**
士隐者贫[⑥]**，勇侠轻非**[⑦]**。**
心常叹怨，　戚戚多悲[⑧]**。**
幸甚至哉，　歌以咏志。

---

① 乡土：各地的风土人情。 ② 河朔：黄河以北称河朔。隆寒：严冬。 ③ 流澌：河上飘浮着流动的冰块。 ④ 芊藾（fēng lài）：芜菁和蒿草。深奥：原是精微的意思，这里是形容蒿草等深埋雪中。 ⑤ 蹈：踏。 ⑥ 隐：忧痛。 ⑦ 勇侠：勇武好斗的人。轻非：轻易做犯法的事。 ⑧ 戚戚：忧愁悲苦的样子。

翻译

各地风情不相同，

河朔的气候异常寒冷。
河里漂浮着冰块，
船只受阻难航行。
地冻如石锥扎不进，
雪下深埋着蒿草芜菁。
河流冻塞水不流，
坚冰上面可通行。
人们忧伤苦恼的是贫困，
强悍好斗的轻易犯法行凶。
我常常为此叹惜，
心里充满哀伤和悲痛。
十分庆幸啊，
用诗歌唱我的心情。

龟虽寿

这是正曲的第四章。诗通过正反两个方面的比喻，抒发了作者不甘衰老、不信天命、自强不息的积极进取精神。作者认为，人的寿命尽管有长短，但不应全凭上天的决定，还可以通过人自身的努力去延长它。这种对人生的积极态度是可贵的。全诗气势雄浑，熔说理、抒情于一炉，具有强烈的艺术感染力。

神龟虽寿①，犹有竟时②；

腾蛇乘雾③，终为土灰。

老骥伏枥④，志在千里；

烈士暮年⑤，壮心不已⑥。

盈缩之期⑦，不但在天；

养怡之福⑧，可得永年。

幸甚至哉，　歌以咏志。

---

① 神龟：通灵的龟，传说神龟体长一尺二寸，甲壳花纹作山川日月星辰的形状。龟的寿命很长，古人认为通灵的神龟寿命更长。　② 竟：完，到头。这里指死。　③ 腾蛇：神话传说中的一种能兴云驾雾的神蛇。　④ 骥：千里马。枥(lì)：马槽。　⑤ 烈士：怀有雄心壮志而有作为的人。暮年：晚年。　⑥ 不已：不止。　⑦ 盈缩：满亏，这里指生命的长短。　⑧ 养怡(yí)：保养身体，使身心健康。

翻译

神龟虽然长寿，

还有死的时候；

腾蛇虽能驾雾飞行，

终究还要化为尘土。

千里马老了伏在槽旁，

它的志向仍是驰骋千里；

志向远大的人到了晚年，

雄心壮志仍不会消沉萎靡。

人的寿命的长短，

不只完全决定在上天；

靠着养身怡性的保健，

就可以益寿延年。

十分庆幸啊，

用诗歌唱我的心愿。

却东西门行

《却东西门行》属乐府《相和歌·瑟调曲》。余冠英《三曹诗选》说:“乐府有《东门行》《西门行》,又有《东西门行》。《东西门行》大约是合并《东门行》和《西门行》的调子。曹操此题作《却东西门行》,后来陆机又有《顺东西门行》,‘却’和‘顺’有人以为是倒唱和顺唱之别,这些都是乐调的变化。”本篇描写久征在外的将士怀乡念归的心情,也是作者自伤。诗中多用比喻,沉郁苍凉,读来真切感人,反映了连年征战给人们带来的痛苦。

鸿雁出塞北①,乃在无人乡②。举翅万余里,行止自成行③。冬节食南稻,春日复北翔,田中有转蓬④,随风远飘扬。长与故根绝,万岁不相当⑤。奈何此征夫,安得去四方?戎马不解鞍,铠甲不离傍。冉冉老将至⑥,何时反故乡?神龙藏深泉⑦,猛兽步高冈。狐死归首丘⑧,故乡安可忘。

① 塞北：北方边远之地。 ② 乃：是。 ③ 行止：飞行和止息。 ④ 转蓬：草名，也叫飞蓬，菊科，茎高尺余，叶小似柳，开黄花，秋天干枯，遇风就被吹起，随风飘转。古诗中常用来比喻征夫游子背井离乡，漂泊在外，无有定所。 ⑤ 当：会合，遭遇。 ⑥“冉冉”句：取屈原《离骚》“老冉冉其将至兮”句意。冉冉：渐渐地。 ⑦ 泉：原作“渊”，唐人为避唐高祖李渊讳改。 ⑧ 首：用作动词，头部向着。狐死首丘，是古谚语，说狐狸临死时总是把头朝向自己生活过的山丘，后人常用来比喻人不忘故乡。

翻译

大雁生活在遥远的塞北，

那是荒凉无人的地方。

举翅飞行万余里，

飞行栖息自成行。

冬天在南方饱食稻谷，

春日一到又飞回北方。

田中有草叫转蓬，

随风远飞四处飘扬。

从此永远离开自己的根，

万年难相会各在天一方。

远征的将士怎么办，
怎能离开四方归家乡？
战马永不卸征鞍，
铠甲不离人身旁。
岁月流逝人渐老，
何时才能返故乡？
神龙藏身在深渊，
猛兽漫步在山冈。
狐死头还向山丘，
人的故乡怎能忘？

曹丕诗

芙蓉池作

曹丕在做皇帝之前，经常和曹植诸兄弟及王粲、徐幹、陈琳、刘祯、阮瑀等邺下文人聚会宴游，诗酒唱和。他们创作了大量的记游宴、写景物的诗作，留下了他们当时生活的影子。曹丕的这首诗是记夜游铜雀园的。诗中描写了铜雀园的优美夜景，并表示要及时行乐，纵情遨游，使心情愉快以保长寿百年，反映了贵公子追求恣意享乐的生活态度。

乘辇夜行游①，逍遥步西园②。
双渠相溉灌，嘉木绕通川③。
卑枝拂羽盖④，修条摩苍天⑤。
惊风扶轮毂⑥，飞鸟翔我前。
丹霞夹明月⑦，华星出云间⑧。
上天垂光彩，五色一何鲜⑨。
寿命非松乔⑩，谁能得神仙。
遨游快心意，保己终百年。

① 辇(niǎn):古时用人拉的车子,后来称王室乘坐的车子为辇。② 逍遥:自由自在地游玩。西园:即铜雀园。 ③ 嘉木:美树。通川:河流。 ④ 卑枝:低垂的柔枝。羽盖:用羽毛装饰的车盖。⑤ 修:长。摩:迫近。 ⑥ 惊风:急风。轮毂(gǔ):车轮的轴头。⑦ 丹霞:红色云霞。 ⑧ 华星:明亮的星。 ⑨ 一何:多么。⑩ 松乔:指赤松子和王子乔,他们都是传说中的仙子。王子乔原是周灵王太子,好吹箫,道士浮丘公把他接上嵩山,二十年后修炼成仙,乘白鹤飘然而去。赤松子:见曹操《陌上桑》注。

翻译

夜里乘车去出游,
逍遥漫步在西园。
两条水渠相贯通,
佳树围在水中间。
低低的枝条拂着车盖,
长长的树干直抵苍天。
急风随着车轮飞舞,
飞鸟翱翔在我的面前,
红色的云霞衬托着明月,
明亮的星星闪耀在云间。

天空布满了奇光异彩，
五彩缤纷多么鲜艳。
寿命不比松乔两仙人，
谁能够修炼成神仙？
尽情游乐使心情愉快，
保养好自己长寿百年。

于玄武陂作

曹操为训练水师，于建安十三年(208年)在邺城(今河北临漳县)西南开凿玄武池。本篇就是曹丕游玄武池时的记游写景之作。作者生动地描述了玄武池及其周围的优美景色：绣野无际，渠道纵横，庄稼繁茂，郁郁葱葱，芙蓉出水，怒放吐红，绿柳垂荫，群鸟争鸣，充满着一派勃勃生机，望之令人心旷神怡。

兄弟共行游，　驱车出西城①。
野田广开辟，　川渠互相经。
黍稷何郁郁②，　流波激悲声③。
菱芡覆绿水④，　芙蓉发丹荣⑤。
柳垂重荫绿，　向我池边生。
乘渚望长洲⑥，　群鸟讙哗鸣⑦。
萍藻泛滥浮⑧，　澹澹随风倾⑨。
忘忧共容与⑩，　畅此千秋情⑪。

---

① 出西城：指去玄武池。池在邺城西南，故说“出西城”。　② 黍、

稷：黄米谷和高粱，这里泛指粮食作物。郁郁：茂盛的样子。 ③ 流波：流水。 ④ 菱：水生植物，草本，生在池沼中，果实有角，俗称菱角，可食。芡（qiàn）：水生植物，草本，生在浅水中，叶圆如荷叶，浮在水面，种子叫芡实，可食，俗称鸡头。 ⑤ 芙蓉：即荷花。荣：草本植物所开的花。 ⑥ 长洲：指玄武池中的较大的洲岛。 ⑦ 讙：通"喧"。喧哗，大声呼噪，这里是形容群鸟的鸣叫声。 ⑧ 泛滥：形容广阔的样子。 ⑨ 澹澹：见曹操《观沧海》注。 ⑩ 容与：舒缓闲适，从容不迫。 ⑪ 千秋情：长久永恒的友情。

翻译

兄弟一同去郊游，

驾车出城向西行。

郊野开垦出大片田地，

一条条水渠交错纵横。

无边的庄稼茁壮茂盛，

流水欢唱奏出动人的歌声。

菱芡碧叶覆盖着绿水，

池中的莲花吐发红英。

绿柳垂下片片浓荫，

一行行玄武池畔生。

登上小洲眺望长长的岛屿，

成群的鸟儿叽叽喳喳地欢鸣。

浮萍绿藻浮满水面，
随着微风在水中轻轻摇动。
忘掉忧愁，一起痛快地玩吧，
畅叙我们永远友爱的兄弟情。

杂诗二首

《文选》李善《注》说:“杂者,不拘流例,遇物即言,故云杂也。”余冠英认为这些诗原先大概都有具体诗题,只是后来题目失传了,选诗的人便称之为“杂诗”。曹丕的这两首《杂诗》,都是写游子思乡的,当是拟古乐府或古诗之作。汉末魏初,社会动荡不安,战乱频仍,流离远别而不能归家,实是普遍现象。所以这两首诗很容易引起人们的共鸣,再加上作者文笔细腻,所以更具有艺术感染力。

其一

本篇以情景交融的笔法,描写了游子对家乡的深切思念的苦情。秋夜寒风,冷月白露,草虫悲鸣,孤雁南翔,这里的一景一物都深深染上了凄凉的色彩,烘托出一个萧瑟悲苦的意境。作者把游子放在萧瑟的秋夜背景中,缠绵往复地写出了游子的彷徨愁苦和忧伤。

漫漫秋夜长,烈烈北风凉①**。展转不能寐**②**,披衣起彷徨**③**。彷徨忽已久,白露沾我裳。俯视**

清水波，仰看明月光。天汉回西流[4]，三五正纵横[5]。草虫鸣何悲，孤雁独南翔。郁郁多悲思[6]，绵绵思故乡。愿飞安得翼，欲济河无梁[7]。向风长叹息，断绝我中肠。

---

① 烈烈：风力遒劲的样子。 ② 展转："展"同"辗"，也是转的意思，这里是说睡觉时翻来覆去。寐：睡。 ③ 彷徨：徘徊，犹疑不决，心神不定。 ④ 天汉：银河。西流：流转向西。银河转向正西表示夜已经深了。 ⑤ 三五：指星。三，指参星；五，指昴星。 ⑥ 郁郁：苦闷忧伤。 ⑦ 济：渡。梁：桥。

翻译

秋天的夜晚多么漫长，
遒劲的北风阵阵生凉。
翻来覆去不能入睡，
披衣起来徘徊彷徨。
独自徘徊不觉已经夜深，
白露沾湿我的衣裳。
低头看着清清的流水，
抬头仰望皎皎的月光。
银河已经转向正西，

参星和昴星正交错挂在夜幕上。
草丛里的秋虫叫得多么悲切，
失群的孤雁独自飞向南方。
心中苦闷，悲思满怀，
情思不断，思念故乡。
我愿高飞，哪有翅膀？
我想渡河，没有桥梁。
对着秋风我长长叹息，
真是使人痛断肝肠。

其二

本篇以浮云喻游子漂泊流离的人生遭遇。前六句以比兴手法写游子身不由己流离他乡，后四句抒写他滞留异乡的惴惴不安的心情。语言朴素自然而带感情，比喻贴切，情景相生，从中可以明显地看出汉乐府和古诗的影响。

西北有浮云①，亭亭如车盖②。
惜哉时不遇，　适与飘风会③。
吹我东南行，　行行至吴会④。
吴会非我乡，　安得久留滞⑤，

弃置勿复陈[6]，客子常畏人。

---

① 浮云：飘浮的云，这里以喻游子。 ② 亭亭：耸立的样子。 ③ 适：正值，恰巧。 ④ 行行：走了又走，这里是极言漂泊之远。吴会：指吴郡和会稽郡，即今江、浙一带。 ⑤ 滞：停留。 ⑥ 弃置勿复陈：是借用乐府诗中的套语。弃置：放在一边。陈：叙说。

翻译

西北上空飘浮着一朵白云，
像车盖一样孤孤耸立。
可怜它没有遇上好时运，
偏偏与暴风相遇在一起。
狂风把我吹向东南去，
飘呀飘，一直飘到吴会之地。
吴会不是我的故乡，
怎能长久停留在那里？
抛开这些不要再说它了吧，
客子在外，通常最怕受人欺。

清河作

这是一首爱情诗，抒写了对真诚美好爱情生活的向往。语言清新明丽，感情深挚动人。清河是淇水的支流，自河南省内黄县的义阳乡分出。

方舟戏长水①，澹澹自浮沉②。
弦歌发中流③，悲响有余音④。
音声入君怀，凄怆伤人心。
心伤安所念？但愿恩情深。
愿为晨风鸟⑤，双飞翔北林⑥。

① 方舟：两船并在一起称方舟。 ② 澹澹：微波起伏荡漾的样子。 ③ 中流：河流中间。 ④ 悲响：动人的歌声。 ⑤ 晨风：鸟名，即鹯，形似鹞，羽毛青黄色。 ⑥ 北林：林名。

翻译

方舟在长长的河中戏游，
随着流水任它起伏漂荡。

和着琴弦的歌声从河中发出，
动人的声响婉转悠扬。
歌声阵阵传入你的心怀，
凄怆动情感人心肠。
心里忧伤思念什么？
只盼望我们的恩情更深更长。
但愿化为晨风鸟，
比翼双飞在北林上。

于清河见挽船士新婚与妻别

本篇抒写新婚离别的痛苦。以悲凉的秋景烘托离情别绪，借黄鹄比翼共戏寄托美好的愿望，凄情苦语，很为感人。《艺文类聚》题作徐幹诗，今从《玉台新咏》。“挽船士”，指拉纤的兵士。

与君结新婚①，宿昔当别离②。
凉风动秋草，蟋蟀鸣相随。
冽冽寒蝉吟③，蝉吟抱枯枝④。
枯枝时飞扬，身轻忽迁移。
不悲身迁移，但惜岁月驰。
岁月无穷极⑤，会合安可知？
愿为双黄鹄⑥，比翼戏清池。

---

① 君：指挽船士。 ② 宿昔：是“夙夕”的假字，或作“夙昔”，犹旦夕或早晚，谓为时短暂。 ③ 冽冽：寒冷的样子。寒蝉：秋蝉。 ④ 抱枯枝：喻独守空房。 ⑤ 穷极：尽头。 ⑥ 黄鹄：传说中的大鸟。

翻译

我与你刚刚结婚，
旦夕之间就要分离。
凉风吹动着秋草，
蟋蟀鸣叫一唱一递。
秋蝉在寒风中吟鸣，
秋蝉吟鸣抱着枯枝。
枯枝不时被风吹动飘扬，
它轻轻的身体也随风迁移。
身体迁移并不悲伤，
只痛惜岁月飞快地逝去。
绵绵岁月没有尽头，
相会的日子怎么可知？
但愿化作一双黄鹄鸟，
比翼同戏清水池。

代刘勋出妻王氏作二首

这两首是曹丕代弃妇王氏写的诗。据《玉台新咏》诗前小序说，王氏名宋，她与平虏将军刘勋结婚二十多年，因无子而被刘勋休弃。刘勋又娶山阳司马氏女为妻。这两首诗就是曹丕代王宋诉说被弃苦情的。在封建社会，妻子被丈夫遗弃的悲剧司空见惯，所以这两首诗虽说是写王氏被休弃的痛苦，却也反映了封建社会在封建礼教重压下的广大妇女的不幸命运。

《玉台新咏》题作《刘勋妻王氏杂诗二首》，以为是王氏自作。今从《艺文类聚》。

其一

此篇以床帐为比，抒写王氏被弃的痛苦。描写委婉曲折，哀怨动人，语言明白浅显而饱含感情，颇似一首汉乐府民歌。

翩翩床前帐[①]**，张以蔽光辉。**
昔将尔同去[②]**，今将尔共归。**
缄藏箧笥里[③]**，当复何时披**[④]**？**

① 翩翩：轻盈的样子。 ② 将：带着。尔：你，指床帐。 ③ 缄：封闭。箧笥(qiè sì)：盛衣物的方形竹器。 ④ 披：打开张挂。

翻译

轻柔的床前帷帐，
为蔽光亮把你挂。
从前带你离家来这里，
现在带你一起回娘家。
从此把你锁进箱子里，
何时才会开箱再张挂？

其二

此诗写王氏虽然被弃，但对丈夫仍怀一片深情，不忍决绝，并为不能同丈夫一起生活而痛苦。有人认为这首诗是曹植所作，今不从。

谁言去妇薄[①]？ 去妇情更重。
千里不唾井[②]， 况乃昔所奉[③]。
远望未为遥， 峙崌不得共[④]。

① 去妇：被丈夫休弃的妇女，指王氏。 ② 千里不唾井：是说对于自己常饮水的井，即使离开它远行千里，也不肯把唾液唾到里面而弄脏它。这里比喻王氏对丈夫的深情。 ③ 奉：侍奉。 ④ 峙嶒：同“踟蹰”，要走不走的样子。

翻译

谁说弃妇的感情淡薄？

被弃的妻子更重旧情。

将要远行千里的人尚不唾故乡井，

何况是丈夫，过去曾把他侍奉。

在远处望着他，并不以为远啊，

犹豫徘徊是因不能和他一起生活。

短歌行

这是曹丕的思亲之作。曹操死后，曹丕睹物思人，倍感情伤。作者以细腻的笔触，写出了真挚深厚的父子之情。通过议论、抒情和贴切的比喻，反复尽情地倾诉了自己失去父亲的悲哀和对父亲的深切悼念。全诗描写哀婉悲苦，情深感人。

仰瞻帷幕①，俯察几筵②。其物如故，其人不存。神灵倏忽③，弃我遐迁④。靡瞻靡恃⑤，泣涕涟涟⑥。呦呦游鹿⑦，衔草鸣麑⑧。翩翩飞鸟，挟子巢枝。我独孤茕⑨，怀此百离⑩。忧心孔疚⑪，莫我能知。人亦有言："忧令人老。"⑫嗟我白发，生一何早！长吟永叹，怀我圣考⑬。曰："仁者寿"，胡不是保⑭？

① 仰瞻：仰视。 ② 几：古人用以凭倚身体的矮桌。筵：竹席，是铺在地上垫席的。 ③ 倏忽：疾速。 ④ 遐：远。 ⑤ 靡：无。恃：依靠。 ⑥ 涟涟：流泪的样子。 ⑦ 呦呦：见曹操《短歌行》注。 ⑧ 麑（ní）：小鹿。 ⑨ 茕（qióng）：孤独。 ⑩ 离：通"罹（lí）"，忧

患，苦难。 ⑪ 孔：甚，非常。疚（jiù）：病痛。 ⑫ 忧令人老：古诗成句，意思是忧愁使人衰老。 ⑬ 圣考：指曹操，父死称考。 ⑭ 胡：何。

翻译

抬头望帷幕，
低头看几筵。
东西还是原来样，
亲人却已不在人间。
神灵啊，你是这样匆忙，
把我丢下，走得远远。
我无依无靠不见亲人面，
止不住两眼泪涟涟。
走着的母鹿叫声不停，
衔得苹草把小鹿呼唤。
翩翩的飞鸟啊，
带着小鸟飞回巢边。
只有我孤苦零丁，
满怀悲苦痛难言。
忧伤的心啊，太痛苦，
没人知道我的悲酸。

古人有过这样的话：
“忧愁会使人衰老。”
可怜我的白发，
生得多么早！
长歌复长叹，
把父亲深深怀念。
古语说：“仁德的人可以长寿。”
为什么我的父亲不长寿百年？

秋胡行

《秋胡行》为乐府旧题，属《相和歌·清调曲》。据刘向《列女传》载，春秋时，鲁国有一个叫秋胡的人，婚后五天就到陈国做官去了。五年后回家探望，在路上遇见一个美丽的采桑女子，用言语挑逗她，遭到采桑女子的斥责。秋胡回到家，看见自己的妻子原来就是路上遇见的采桑女子。他的妻子对他的行为很鄙视，不愿和他一起生活，就投河自杀了。《秋胡行》古辞就是歌咏这个故事的，诗已亡佚。本篇是一首情歌，与秋胡故事无关。诗写一个男子与爱人约会而对方却迟迟不来赴约，他焦急，他盼望，表现了男子追求爱人、思慕爱人的焦虑情思。

朝与佳人期，日夕殊不来[①]**。嘉肴不尝**[②]**，旨酒停杯**[③]**。寄言飞鸟，告予不能**[④]**。俯折兰英**[⑤]**，仰结桂枝**[⑥]**。佳人不在，结之何为？从尔何所之？乃在大海隅**[⑦]**。灵若道言**[⑧]**，贻尔明珠。企予望之**[⑨]**，步立踌躅。佳人不来，何得斯须**[⑩]**？**

① 日夕：傍晚的时候。 ② 嘉：同“佳”，美。肴（yáo）：煮熟的肉类。 ③ 旨：美。 ④ 能：通“耐”，忍耐。 ⑤ 兰英：兰花。⑥ 结：束，系。桂：香木名。古时习俗男女赠香花香草以表示爱慕。 ⑦ 海隅：海边，海角。 ⑧ 灵若：海神名，指海若。⑨ 企予望之：踮起脚望她。此句用《诗经·河广》篇成句。⑩ 斯须：顷刻。

翻译

与美人相约早上会，
等到黄昏美人还没来。
佳肴美味我无心尝，
对着美酒也停杯难开怀。
我让飞鸟把话儿传：
告诉她我等得难忍耐。
弯腰我把兰花采，
举手用桂枝编起来。
美人不在我身边，
编织花束有什么用？
追求你啊，要到哪里去？
不远万里到大海，

请求海神向你致意，

赠你明珠表情怀。

我踮起脚把你望，

坐立不安我独徘徊。

佳人佳人你不来啊，

急得我片刻也难挨。

善哉行二首

其一

《善哉行》属乐府《相和歌·瑟调曲》。“善哉”是赞美之辞。本篇抒写游子怀乡不归的深切忧伤和对漂泊不定生活的深沉慨叹。全诗借景言情，托物抒怀，反复咏叹，情深感人，是四言诗中较为优秀的作品。《乐府诗集》题为曹操作，现从《宋书·乐志》。又，本篇《艺文类聚》名为“苦哉行”。

上山采薇[①]，薄暮苦饥。溪谷多风[②]，霜露沾衣。野雉群雊[③]，猿猴相追。还望故乡，郁何垒垒[④]。高山有崖，林木有枝。忧来无方[⑤]，人莫之知[⑥]。人生如寄[⑦]，多忧何为？今我不乐，岁月如驰。汤汤川流[⑧]，中有行舟。随波转薄[⑨]，有似客游。策我良马，被我轻裘[⑩]。载驰载驱[⑪]，聊以忘忧。

---

① 薇：野菜名。多年生草本，属豆科，可食。 ② 溪谷：山谷。

③ 雉(zhì):山鸡,俗称野鸡。雊(gòu):雄雉求偶的鸣叫。 ④ 郁:即郁郁,形容山林茂密。垒垒:重叠的样子。 ⑤ 无方:无一定方向。 ⑥ 莫之知:即"莫知之",动宾倒置。"知"与"林木有枝"的"枝"字,音义双关,本于古《越人歌》:"山有木兮木有枝,心悦君兮君不知。" ⑦ 寄:寄托。这句形容生命的短暂。 ⑧ 汤汤(shāng):河水急流的样子。川:河。 ⑨ 转:回旋。薄:停泊。 ⑩ 被:同"披"。裘(qiú):皮衣。 ⑪ 载:语助词,犹乃。

翻译

登上高山采薇菜,
傍晚饥饿苦难当。
山谷不停刮着风,
霜露沾湿我衣裳。
山鸡成群声声唤,
猿猴追逐戏山岗。
回头眺望我家乡,
山重林密莽苍苍。
高山顶上有悬崖,
林中树木有枝杈。
忧愁无边袭心头,
无人知道来何方。
人生在世如寄寓,

何必苦恼常忧伤。
现在我若不行乐，
岁月如飞转眼过。
河水滔滔奔流急，
一叶小舟飘中央。
时转时停随波涛，
好似客子在飘荡。
骑上骏马猛加鞭，
轻暖皮衣穿身上。
放开骏马奔驰啊，
借此暂把忧愁忘。

其二

这是一首情诗。诗中描写一女子的美貌和音乐才能，最后以离鸟求伴为喻，引出追求者的相思和苦闷。清丽婉约，含蓄蕴藉，显示了曹丕这类诗的艺术风格。黄节认为此篇是求贤之作。

有美一人，婉如清扬[①]。**妍姿巧笑**[②]，**和媚心肠**[③]。**知音识曲，善为乐方**[④]。**哀弦微妙，清气含芳。流郑激楚**[⑤]，**度宫中商**[⑥]。**感心动耳，绮丽难忘。离鸟夕宿，在彼中洲**[⑦]。**延颈鼓翼**[⑧]，**悲鸣相**

求。眷然顾之[9]，使我心愁。嗟尔昔人，何以忘忧？

---

① 婉如：婉然，妩媚的样子。清扬：眉目清秀。以上两句用《诗经·郑风·野有蔓草》中成句。 ② 妍：美。 ③ 和媚：温和妩媚。 ④ 乐方：音乐的法度。 ⑤ 流郑激楚：流、激，指音乐流动和激扬。郑、楚，指古代郑国、楚地流行的音乐。 ⑥ 度宫中商：度、中都是合的意思，宫、商是古代音乐五音（宫、商、角、徵、羽）中的两个音。 ⑦ 中洲：即“洲中”。 ⑧ 延颈鼓翼：比喻追求者辗转反侧的样子。 ⑨ 眷然：即睠然，回顾的样子。

翻译

有个美丽的姑娘，
眉清目秀俏模样。
姿容妩媚口含笑，
性情温柔好心肠。
既懂音律又知曲，
精通音乐善歌唱。
琴声动人真精妙，
一曲清韵含芬芳。
歌声流转又激扬，

音律谐调合宫商。
声音悦耳动人心，
婉转悠扬人难忘。
离群鸟儿身孤单，
独自夜宿在小洲。
伸长脖颈鼓翅膀，
悲鸣声声把伴求。
回头看见离群鸟，
使我忧愁心难受。
唉，你们前人啊，
是用何法解忧愁？

丹霞蔽日行

《丹霞蔽日行》属《相和歌·瑟调曲》。以首四字名篇。本篇通过对自然现象的描写，抒写了人生无常的感慨。丹霞、彩虹虽美，但难长久，使人感到年华易逝，人生短促；潺潺流水、萧萧落木使人联想到人生行止难以自主；孤禽失群更使人顿生孤独之悲；月盈则缺，花不再繁，使人深感荣华难持，盛衰不常。凡此种种，使人唯有感慨而已。

丹霞蔽日[1]，彩虹垂天。
谷水潺潺[2]，木落翩翩[3]。
孤禽失群，　悲鸣云间。
月盈则冲[4]，华不再繁[5]。
古来有之，　嗟我何言。

---

① 丹霞：见《芙蓉池作》注。 ② 潺潺：流水声。 ③ 翩翩：形容落叶飘飞的样子。 ④ 冲：虚，指月缺。 ⑤ 华：同“花”。

翻译

红色云霞遮白日，
彩虹弯弯垂天边。
山谷流水叮咚响，
落叶纷纷飘满天。
失群鸟儿无同伴，
声声悲鸣在云间。
月亮圆了就会缺，
花儿凋谢不再繁。
自古以来就如此，
我有什么话可言。

煌煌京洛行

《煌煌京洛行》为乐府题名，属《相和歌·瑟调曲》，古辞不传。本篇借古人得失成败的事例，抒写对人生、对政治的见解。全诗共五解（即五章）：第一解是说人生要有所建树，不能虚度；第二解借韩信、张良事，说要保名全身就要识时务，能放能收，不能夸语空谈；第三解借苏秦、陈轸事，说人君要听忠言，臣子须戒欺诈，不然就会祸难临头；第四解说凡做事都要量才而行，智小谋大，必然招来祸患；第五解赞美择主而仕的郭隗和功成不受赏的鲁仲连。

夭夭园桃[①]，无子空长。虚美难假，偏轮不行[②]。

淮阴五刑，鸟尽弓藏[③]。保身全名，独有子房[④]。大愤不收[⑤]，褒衣无带[⑥]。多言寡诚，只令事败。

苏秦之说，六国以亡[⑦]。倾侧卖主，车裂固当[⑧]。贤矣陈轸，忠而有谋。楚怀不从，祸卒不救[⑨]。

祸夫吴起，智小谋大。西河何健，伏尸何劣[10]。

嗟彼郭生，古之雅人。智矣燕昭，可谓得臣[11]。峨峨仲连，齐之高士，北辞千金，东蹈沧海[12]。

---

① 夭夭(yāo)：繁盛美好的样子。　② 偏：不正。　③ 淮阴：指韩信，西汉开国功臣，封淮阴侯，后以“谋反”罪名被吕后所杀，并诛及三族。他以功高被刘邦怀疑，曾感慨说：“狡兔死，走狗烹；高鸟尽，良弓藏；乱国破，谋臣亡。天下已定，我固当烹！”五刑：指汉初“夷三族”的法令，即脸上刺字、割鼻、断趾等五种刑罚。详见《汉书·刑法志》。　④ 子房：张良的字。张良也是西汉的开国功臣，他被刘邦封为留侯后，不再参与政事。所以保全了性命，以终天年。事详《史记·留侯世家》。　⑤ 愤：疑当作“帻”，因形近而误。帻是包头巾。不收：不能收束头发。　⑥ 褒：宽大。　⑦ 苏秦：战国时的策士。他游说六国联合抗秦，挂六国相印。　⑧ 倾侧：倾覆。车裂：古代的一种酷刑，即用车把人的肢体拉裂成几块。据《战国策》载，苏秦在做齐相时，曾与燕王密谋颠覆齐国，共分其土地，后密谋败露，苏秦被齐王处以车裂。　⑨ 陈轸：楚怀王臣子。曾劝说楚怀王不要听信秦使臣张仪的游说，要坚守楚与齐的盟约。楚怀王不听，结果丧师失地。事详《史记·张仪列传》。　⑩ 吴起：卫国人。据《史记·吴起列传》载，吴起曾在魏国做西河守，防御秦国，很有声名。后来投

奔楚悼王，任楚国令尹（相），因施行削弱贵族势力的政策，为贵族所忌恨。悼王死，宗室贵族作乱，举兵攻吴起，吴起逃到楚王宫中伏在悼王尸体上，被乱箭射死。劣：卑弱。 ⑪ 郭生：指郭隗。据《史记·燕召公世家》载，燕昭王初即位，想招揽贤士，郭隗就对燕昭王说："你如果真要招纳贤士，就先从我开始，那些比我高明的人看到我在这里受重用，就会不远千里而来投奔你。"昭王采纳了他的建议，为他改建宫室，拜他为师，果然乐毅、邹衍、剧辛等贤士都先后从魏、齐、赵等国投奔到燕国来。雅人：正人，指有才能见识的人。⑫ 仲连：即鲁仲连，战国齐人。据《史记·鲁仲连列传》载，魏国使臣辛垣衍到赵国劝说平原君投降秦国，尊秦为帝。鲁仲连据理说服了平原君和辛垣衍，放弃投降秦国的打算。事后，平原君以"千金"酬谢他，他不受而去。后来他又帮助齐将田单攻下燕国的聊城，齐王要给他封爵，他不肯接受，并跑到海边隐居起来。峨峨：高的样子，这里形容鲁仲连的人品。

翻译

园中桃树枝叶茂盛，
不结桃子是白白生。
假美难把真美冒充，
车轮不正车子不行。

韩信被灭族身受五刑，

只因鸟尽用不着良弓。
独有识时务的张子房，
功成身退全名保性命。
头巾太大不能拢发，
宽大衣服无带难贴身。
夸夸空谈缺乏诚意，
只会坏事不会成功。
苏秦巧言游说抗秦，
六国因此遭到灭亡。
他想颠覆齐国出卖齐王，
身受车裂理所应当。
有才有德的陈轸啊，
心有智谋又忠良。
怀王不听他劝告，
终遭不可挽救的祸殃。

招祸害身的吴起，
才疏智短却硬要把大事承当。
西河为官多么雄健，
入楚为相伏尸而死卑弱可伤。

啊，那燕国的郭隗，

真是古代有远识的人。
聪明智慧的燕昭王，
可称得上知人善用臣。
奇伟庄重的鲁仲连，
是齐国品德高尚的人。
有功不受千金赏，
宁愿隐居东海滨。

钓竿行

《钓竿行》为乐府题名，其乐调属《鼓吹曲辞》，古辞已亡佚。据崔豹《古今注》说，其古辞原为写夫妻情爱的。本篇也是一首情诗，全诗以象征性的隐喻，描写了一个女子不为芳饵所动，从而赞美了她的纯贞爱情和高尚情操。

东越河济水①，遥望大海涯②。
钓竿何珊珊③，鱼尾何簁簁④。
行路之好者⑤，芳饵欲何为？

---

① 越：渡过。河济：指黄河和济水。 ② 海涯：海滨。 ③ 珊珊：同“姗姗”，缓慢的样子。 ④ 簁簁（shī）：鱼跃甩尾声。古代歌谣里常常以钓鱼作为男女求偶的象征隐语，这里沿用其意。 ⑤ 好：喜好，喜欢。

翻译

东渡黄河和济水，

举目遥望大海边。
钓竿随波缓缓动，
鱼尾拍水泼刺声。
喜欢钓鱼的行人，
投下芳饵为哪般？

十　五

《十五》为乐府旧题。本篇写登山远望所见的景物。上半写草木之繁盛，下半写虎啸熊号。朱乾《乐府正义》引《水经注》所记曹丕于大石山狩猎遇虎事，认为此篇当作于此次狩猎时。黄节认为此说可从。

登山而远望，　溪谷多所有①。
楩楠千余尺②，　众草芝盛茂。
华叶耀人目，　五色难可纪③。
雉雊山鸡鸣④，　虎啸谷风起。
号罴当我道⑤，　狂顾动牙齿⑥。

① 溪谷：山谷。　② 楩（pián）：木名，又名黄楩木。楠（nán）：木名，即楠木。楩、楠皆为乔木。　③ 纪：记。　④ 雊（gòu）：雄雉的鸣叫声。　⑤ 罴：见曹操《苦寒行》注。谷风：由山谷吹向山顶的风。⑥ 顾：回头看。

翻译

登上高山向远处眺望，

山谷里有很多东西。

楩树楠木高达千余尺，

芝草繁盛百草茂密。

红花绿叶光彩耀眼，

五彩缤纷难描难记。

山鸡互鸣此起彼伏声满山，

一声虎啸山谷里狂风骤起。

熊罴号啼拦住我的去路，

眼露凶光磨动着牙齿。

折杨柳行

《折杨柳行》为乐府旧题，属《相和歌·瑟调曲》。这是一篇游仙诗，但是曹丕不信神仙，所以在这篇诗中，作者实际是借言神仙事，而说神仙之虚妄，指出所谓神仙长生之事，都不过是愚夫的妄传，实属迂怪之谈。在神话之说盛行的汉魏之际，曹丕不受其影响，并能力斥其妄，是难能可贵的。

西山一何高[①]，高高殊无极[②]。上有两仙童[③]，不饮亦不食。与我一丸药[④]，光耀有五色。服药四五日，身体生羽翼[⑤]。轻举乘浮云[⑥]，倏忽行万亿[⑦]。流览观四海[⑧]，茫茫非所识[⑨]。彭祖称七百[⑩]，悠悠安可原[⑪]？老聃适西戎[⑫]，于今竟不还。王乔假虚辞[⑬]，赤松垂空言[⑭]。达人识真伪[⑮]，愚夫好妄传。追念往古事，愦愦千万端[⑯]。百家多迂怪[⑰]，圣道我所观[⑱]。

---

① 西山：山名，在邺城（今河南临漳县）西。 ② 殊：很，不一般。

极:尽。 ③ 仙童:指传说中的桥、顺二子。据任昉《述异记》说,从前有桥、顺二子,在相州栖霞谷成仙。他们吃了一丸飞龙仙药,十年不知饥饿。 ④ 丸药:即指飞龙药丸。 ⑤ 生羽翼:神仙家说人成仙后,臂膀生出翅膀可以飞升。 ⑥ 举:升。 ⑦ 倏(shū)忽:很快地,忽然。 ⑧ 流览:浏览的意思,就是广泛地观看。四海:指整个天下。 ⑨ 识:识别。 ⑩ 彭祖:人名。传说是颛顼帝玄孙陆终氏的第三子,姓籛名铿,尧时封于彭,因其道可祖法,故称彭祖。彭祖寿长,到殷商时已七百余岁,尚健而不衰(见刘向《列仙传》、葛洪《神仙传》)。 ⑪ 悠悠:渺远的样子。原:探求,追溯。 ⑫ 老聃(dān):即老子。据《史记·老子列传》载,老子姓李名耳,字伯阳,谥曰聃,楚人。周时为守藏室的史官,后见周室衰微,就离周西行。至函谷关时,守关令尹喜叫他著书,于是他就写了《道德经》上、下篇五千言出关而去,此后莫知所终。适:往。西戎:西方的部族,此指西方。 ⑬ 王乔:见《芙蓉池作》注。虚辞:虚言空话。 ⑭ 赤松:见《芙蓉池作》注。 ⑮ 达人:明达事理的人。 ⑯ 愦愦:糊涂昏乱的样子。 ⑰ 百家:指先秦诸子。迂怪:迂腐怪异。 ⑱ 圣道:圣人之道。

翻译

西山是多么高耸,
高得简直没有顶。
山上住有两个仙童,
不喝不吃自在长生。

他们给我一丸仙药，
药丸闪光五彩鲜明。
服下仙药四五日，
两只翅膀身上生。
轻轻飞起腾云驾雾，
转瞬飞行亿万里程。
放眼遍观大千世界，
茫茫一片混沌不清。
人称彭祖寿长七百岁，
岁月久远怎能追寻验证?
老聃出关去西方，
至今未归不见人影。
王齐飞升全凭虚传妄载，
赤松成仙也是空言无凭。
明理的人能够识别真假，
只有愚蠢的人才妄传乱哄。
追想起往古的神仙事，
乱糟糟千头万绪难理清。
百家的著作充满迂谈怪论，
只有圣道之书我才阅读遵行。

燕歌行二首

其一

《燕歌行》为乐府题目，属《相和歌·平调曲》。《乐府广题》说："燕，地名。言良人从役于燕，而为此曲。"也有人认为，凡乐府诗题冠以地名，主要是表示音乐的地方特点，后世声音失传，人们便用来写各地的风土。燕是古代北方边地，地远势偏，征戍不绝，所以《燕歌行》多是写征戍离别的内容。曹丕的这两篇《燕歌行》是写游子思妇的，是现存文人诗歌中最早最完整的七言诗。本篇描写一个女子在凉秋月夜怀念客游不归的丈夫。作者将思妇放在秋夜的背景中，来描写她的缠绵悱恻的相思之情。全诗描写情景交融，委婉细腻，语言秀丽清新，音节铿锵优美，是言情的名作，很能代表曹丕诗歌的一般风格。王夫之评这首诗说："倾情倾度，倾色倾声，古今无两。"

秋风萧瑟天气凉，草木摇落露为霜。群燕辞归鹄南翔[①]，念君客游多思肠。慊慊思归恋故乡[②]，君何淹留寄他方[③]？贱妾茕茕守空房[④]，忧

来思君不敢忘，不觉泪下沾衣裳。援琴鸣弦发清商⑤，短歌微吟不能长。明月皎皎照我床，星汉西流夜未央⑥。牵牛织女遥相望⑦，尔独何辜限河梁⑧？

---

① 鹄(hú)：天鹅。 ② 慊慊(qiàn)：憾，恨，空虚之感。 ③ 淹留：久留。 ④ 茕茕(qióng)：孤单。 ⑤ 援：引，拿。清商：古乐调名。古有“清商乐”，其音节短促，音调纤细，所以下文说“不能长”。⑥ 星汉：天河。西流：向西转动。未央：未尽。 ⑦ 牵牛、织女：星名。牵牛星(即河鼓星)在银河南，织女星在银河北，遥遥相对。传说牵牛织女是一对夫妇，每年七月初七乌鹊为他们搭桥，相会一次。⑧ 何辜：何故。河梁：河上的桥。

翻译

秋风瑟瑟天气已转凉，
草木凋残白露凝成霜。
群燕北归天鹅向南翔，
你漂泊在外定多愁肠。
心神恍惚你思恋故乡，
又为何久久滞留他方？
我孤孤单单独守空房，

忧愁阵阵总是把你想，
不知不觉泪水湿衣裳。
取琴拨弦弹一曲清商，
音节短促难诉我忧伤。
皎皎月光照在我床上，
银河西移夜深天未亮。
牛郎织女隔河遥相望，
你们何故被河隔两方？

其二

这也是一首情诗，内容同上篇一样，描写一个深闺少妇思念客游在外丈夫的凄苦之情。丈夫客行在外，山遥路远，音讯阻绝，相会无期，使思妇涕泪长流，长夜难眠，愁丝万缕，难以排遣。思妇的忧伤是深重的。诗人以细腻的笔触，从人物心理、情态和环境几个方面，具体入微地描绘了思妇别后的哀苦情状，表现了思妇对丈夫的深切思念。全诗描写细腻，凄婉情深，缠绵动人。

晋乐所奏，增“悲风清厉秋气寒，罗帏徐动经秦轩”两句，文字也稍有变动。

别日何易会日难，山川悠远路漫漫[1]**。郁陶**

思君未敢言[2]，寄声浮云往不还[3]。涕零雨面毁容颜[4]，谁能怀忧独不叹？展诗清歌聊自宽[5]，乐往哀来摧肺肝。耿耿伏枕不能眠[6]，披衣出户步东西，仰看星月观云间。飞鸧晨鸣声可怜[7]，留连顾怀不能存[8]。

---

① 漫漫：悠远绵长的样子。 ② 郁陶（yáo）：忧思积聚。 ③ 声：指音讯。 ④ 零：落。雨面：如雨淋面。 ⑤ 清歌：指无乐器伴奏的歌唱。宽：宽解，宽慰。 ⑥ 耿耿：通“炯炯”，不安的样子。 ⑦ 鸧（cāng）：鸟名，似雁，大如鹤，毛色青苍或灰暗，长颈高脚。一说即鸧鹒。 ⑧ 顾怀：眷恋的情怀，即思念。存：存在，引申为安。

翻译

离别多么容易相会难上难，
远隔山山水水道路多遥远。
忧愁满怀思念你啊不敢说，
寄去书信像浮云一去不返。
眼泪洗面毁坏了我的容颜，
谁又能愁肠百结而不长叹？
打开诗篇歌唱聊且自安慰，
欢去悲来啊更是痛彻心肝。

心神不安长夜伏枕不能眠，
披衣出门独自徘徊在庭院，
仰望星月时隐时现云层间。
飞鸽清晨的鸣叫声音可怜，
我留连思念不能把心神安。

上留田行

《上留田行》为乐府旧题，属《相和歌·瑟调曲》。诗中形象地描写了“富人”和“贫子”的不同生活，在一定程度上反映了当时社会生活中贫富悬殊的不平现实，从中可以看到人民的苦难。但诗中把贫富不均的这种不合理现象归结为“天命”却是错误的。也有人认为此篇是曹丕模拟古辞而写的。据崔豹《古今注》说，有一个人父母死后不抚养他的弟弟，邻人悲叹他弟弟的不幸，而作歌讽刺他。诗中的“富人”和“贫子”就是古辞中的兄和弟。“上留田”是地名，在诗中起和声作用，与文义无关。

居世一何不同！ 上留田！ 富人食稻与粱①，上留田！ 贫子食糟与糠②。 上留田！ 贫贱亦何伤？ 上留田！ 禄命悬在苍天③。 上留田！ 今尔叹息，将欲谁怨？ 上留田！

① 稻：稻米。粱：粟的一种。稻、粱指精细的上好粮食。 ② 糟：酒糟，酿酒后剩下的渣子。糠：米皮。糟、糠是粗劣的食物。 ③ 禄命：福禄命运。古人迷信，认为人的贫富贵贱都由天定。

翻译

人生在世多么不同！

上留田呀呼咳！

富人吃的是白米饭，

上留田呀呼咳！

穷小子糟糠把肚填。

上留田呀呼咳！

人生贫贱伤什么心？

上留田呀呼咳！

穷富本来全由上天。

上留田呀呼咳！

现在你长吁又短叹，

又能把谁来埋怨？

上留田呀呼咳！

大墙上蒿行

《大墙上蒿行》为乐府旧题，属《相和歌·瑟调曲》，古辞不传。这是一篇劝说隐士出山做官的诗。诗一开始就说人生在世，转眼即逝，何苦过贫困的隐居生活呢？然后极力铺陈服饰的美丽、宝剑的锋利，以及宫室、舞乐、酒会之盛美，来劝说隐士出山及时享受人间之乐，告诫世人切不可空耗时光，自讨苦吃。这篇诗在写法上铺陈排比，句法参差，自由恣肆，对后来的鲍照、李白都有影响。王夫之《古诗评选》曾说："长句长篇，斯为开山第一祖。鲍照、李白领此宗风，遂为乐府狮象。"

阳春无不长成。草木群类随大风起[①]，零落若何翩翩[②]，中心独立一何茕[③]。四时舍我驱驰，今我隐约欲何为[④]？人生居天壤间，忽如飞鸟栖枯枝[⑤]。我今隐约欲何为？

适君身体所服，何不恣君口腹所尝[⑥]？冬被貂鼲温暖[⑦]，夏当服绮罗轻凉[⑧]。行力自苦，我将欲何为[⑨]？不及君少壮之时[⑩]，乘坚车策肥马良。上有仓浪之天[⑪]，今我难得久来视；下有蠕蠕之

地[12]，今我难得久来履[13]。何不恣意遨游，从君所喜？

带我宝剑，今尔何为自低昂[14]？悲丽平壮观[15]，白如积雪，利若秋霜。驳犀标首[16]，玉琢中央[17]。帝王所服，辟除凶殃。御左右，奈何致福祥[18]。吴之辟闾[19]，越之步光[20]，楚之龙泉[21]，韩有墨阳[22]，苗山之铤[23]，羊头之钢[24]，知名前代，咸自谓丽且美，曾不知君剑良绮难忘[25]。

冠青云之崔嵬[26]，纤罗为缨[27]，饰以翠翰[28]，既美且轻。表容仪，俯仰垂光荣[29]。宋之章甫[30]，齐之高冠[31]，亦自谓美，盖何足观？

排金铺[32]，坐玉堂[33]。风尘不起，天气清凉。奏桓瑟[34]，舞赵倡[35]。女娥长歌[36]，声协宫商。感心动耳，荡气回肠。酌桂酒，脍鲤鲂[37]。与佳人期为乐康。前奉玉卮[38]，为我行觞[39]。

今日乐，不可忘。乐未央[40]。为乐常苦迟，岁月逝，忽若飞[41]。何为自苦，使我心悲。

---

① 群、类：二者同义，指物类。大风：指秋风。 ② 翩翩：见《丹霞蔽日行》注。 ③ 中心：指草木的茎干。茕：见曹丕《短歌行》注。

④ 隐约：隐居过节俭的生活。 ⑤ 忽：快速的意思。 ⑥ 恣：恣肆放纵。 ⑦ 貂：动物名。鼲(kūn)：灰鼠。貂、鼲皮毛很珍贵，用以缝制皮衣，轻而且暖。 ⑧ 绮罗：名贵的丝织品，色白有纹的叫绮，纹络比粗的叫罗。 ⑨ 我：作者代隐者自称。 ⑩ 及：趁。 ⑪ 仓浪：青苍色。 ⑫ 蠕蠕：缓缓而动的样子。 ⑬ 履：行走。 ⑭ 低昂：指宝剑上下摆动。 ⑮ 悲：嗟叹。平：正。 ⑯ 驳(bó)：兽名，其状如马，白身黑尾，一角(见《山海经》)。犀：犀牛，也是独角。⑰ 中央：指剑柄的正中。 ⑱ 奈何：此二字是入乐时所加，与正文无关。 ⑲ 辟闾：剑名。春秋时著名铸剑工匠欧冶子为吴王而铸，又称湛卢。 ⑳ 步光：剑名。越王勾践所佩。 ㉑ 龙泉：剑名，原称龙渊，唐人避高祖李渊讳，改"渊"为"泉"。相传春秋时，楚王派风胡子至吴，请欧冶子和干将二人铸剑，二人凿茨山冶铁铸剑三柄：一龙渊，二秦阿，三工布，皆为名剑。 ㉒ 墨阳：韩国地名，其地产剑，因成剑名。 ㉓ 苗山：楚国山名。铤(dìng)：铜铁矿石，此处指铜铁。 ㉔ 羊头：山名，上党壶关县有羊头山。 ㉕ 良绮：实在美好。㉖ 冠：用作动词，戴帽。崔嵬：高而不平。 ㉗ 缨：系帽的带子。古时冠上有两条带子，戴时把带子结在颔下，使冠稳固。 ㉘ 翠：翡翠鸟的羽毛。翰：锦鸡的羽毛。此泛指美丽的鸟羽。 ㉙ 光荣：光辉。㉚ 章甫：冠名。 ㉛ 高冠：即高山冠，齐国的一种高冠。 ㉜ 排：推。金铺：门上安环的铺首，这里代指门。 ㉝ 玉堂：嵌有玉石的华丽殿堂。 ㉞ 桓瑟：齐国的瑟。齐人善鼓瑟，所以往往一说瑟，就称齐瑟。 ㉟ 倡：女乐。赵国都城邯郸出女乐。 ㊱ 女娥：泛指歌女。 ㊲ 脍：细切的鱼肉。鲂：鳊鱼。 ㊳ 玉卮(zhī)：玉制的酒杯。㊴ 行觞：斟酒给人喝。 ㊵ 未央：未尽。 ㊶ 忽：疾速。

翻译

春天里一切都生长繁盛。
随着秋风吹起，
花草树木纷纷飘零，
只剩下孤零零的茎。
春夏秋冬迅速更替，
时光飞驰般地抛我而去，
现在我为什么还要隐居，
苦熬贫穷？
人生天地之间，
就像鸟儿栖息枯枝，
难以久停，
现在我为什么还要隐居，
苦熬贫穷？

合你身的衣服，
何不尽量去穿？
合你口的食物，
何不尽情去尝？
冬天穿上温暖的貂皮大衣，

夏天就该穿上轻薄凉爽的罗裳。
坚守苦行，自己苦自己，
为的是哪桩？
何不趁你年轻力壮的时候，
骑肥壮的骏马，
乘坚固的车辆！
上有青青的天空，
我难得长久仰望；
下有蠕动的大地，
现在我难得在上面行走徜徉。
何不任凭你的喜好，
尽情地遨游、欢畅！

佩带着我的宝剑，
现在你为什么上下摇晃？
啊，宝剑端正又壮观，
白得像积雪，寒光似秋霜。
较犀的角骨作柄头，
白玉嵌镶在柄中央。
帝王把它来佩带，
可以辟凶除祸殃；
用它指挥左右众大臣，

可以带来幸福和吉祥。
吴国的辟闾，
越国的步光，
楚国的龙泉，
韩国的墨阳，
苗山出的铜铁，
羊头山产的钢，
都闻名前代，
自称精美无双，
可都不如你的宝剑啊，
实在美好,令人难忘。

头戴高高的冠冕，
细软的绮罗作帽带，
美丽的鸟羽插两边，
真是既轻巧又美观。
用它打扮你的仪表和容颜，
一举一动都生辉增光艳。
宋国的章甫帽，
齐国的高山冠，
也都自称美无比，
(可是与你的美冠一比，)

又有什么值得一看？

推开镶金的大门，
坐在白玉殿堂上。
风儿不起，尘土不扬，
空气新鲜又清爽。
奏起齐国的琴瑟，
跳起赵国的舞蹈，
歌女轻歌曼唱，
声合音律协宫商。
悦耳动听感人心，
回肠荡气婉转悠扬。
饮的是佳酿桂花酒，
吃的是美味鱼丝香。
与美人相聚多欢畅。
美人上前捧玉杯，
为我敬酒祝安康！

今日的欢乐，
不能够忘。
人生的乐趣还没尽享。
人们行乐常常抱怨太晚，

岁月流逝就像飞去一样。

为什么自己找苦受，

使我心里忧愁悲伤？

艳歌何尝行

《艳歌何尝行》为乐府旧题，属《相和歌·瑟调曲》。本篇描写一富家子弟靠父兄之宠，整日狂饮滥赌，荒乐无度，以致中道乖离，妻室相弃。诗前半叙写子弟的浮荡，后半写妻子的悲怨。这首诗《宋书·乐志》作古辞，今从《乐府诗集》。诗的前半为正曲，“少小”以下十句是“趋”。“趋”是乐曲的一部分，相当后来词曲的尾声。

何尝快独无忧①？但当饮醇酒②，炙肥牛③。长兄为二千石④，中兄被貂裘⑤。小弟虽无官爵，鞍马驱驱⑥，往来王侯长者游⑦。但当在王侯殿上，快独樗蒲六博⑧，坐对弹棋⑨。男儿居世，各当努力。蹙迫日暮⑩，殊不久留。少小相触抵，寒苦常相随。忿恚安足诤⑪？吾中道与卿共别离⑫。约身奉事君⑬，礼节不可亏。上惭仓浪之天⑭，下顾黄口小儿⑮。奈何复老心皇皇⑯，独悲谁能知？

① 何尝：何曾。快独：犹快绝，快乐无比的意思。 ② 但：只。醇酒：美酒。 ③ 炙(zhì)：烧烤。 ④ 二千石：汉代官员的等级名，指俸禄为二千石的官员。汉代二千石的官位很高，俸禄仅次于九卿。⑤ 中兄：二兄。 ⑥ 骁骁(sà)：马疾驰的样子。 ⑦ 长者：指官高位尊的人。 ⑧ 樗(chū)蒲：古代的一种赌博游戏，很类似后来的掷骰子。玩时投掷五枚木制的骰子，每枚骰子四面分别刻有"枭""雉""卢""犊"等彩。六博：亦叫陆博，古代的一种赌博游戏。共十二枚棋子，六黑六白，每人各执一色对博。 ⑨ 弹棋：古代的一种赌博游戏，两人对局，白黑棋子各六枚，玩时先在棋盘上把棋子相对摆好，然后轮流以指弹射。至魏时，棋子增至十六枚，唐又增加到二十四枚，宋以后其法失传。 ⑩ 蹙迫：穷困窘迫。 ⑪ 忿恚(huì)：忿怒。诤：谏阻。 ⑫ 吾：我，妻子自称。卿：这里是妻子称丈夫。 ⑬ 约身：约束自己。 ⑭ 仓浪：见《大墙上蒿行》注。 ⑮ 顾：顾念。黄口小儿：小孩，指自己的孩子。 ⑯ 皇皇：不安的样子。

翻译

何曾快活得无虑无忧？

只管开怀饮美酒，

烧烤大肥牛。

大哥俸禄二千石，

二哥身穿貂皮裘。

小弟我虽然无官无爵位，
但也鞍马奔驰，
与王侯显贵往来广交游。
只管在王侯殿堂坐，
痛痛快快掷骰下棋赌一场，
对尘弹棋莫停手。
男儿在世活一生，
各人应当努力争上游。
途穷日暮人年老，
时不待人难久留。
从小与你有抵触，
贫寒困苦常跟你受。
你暴跳如雷怎可劝？
我只好中途与你两分手。
要约束自己把君主事俸，
礼节丝毫不能丢。
做事上对青天无愧心，
下对得住儿女不内疚。
唉，怎么到老心情反不安，
独自悲怨谁人理解我心忧？

曹植诗

公　宴

群臣参加朝廷或下僚参加主长官的宴会，叫公宴。此诗当是曹植参加其兄曹丕宴会时的诗作，而且很可能是和曹丕《芙蓉池作》一时的。王粲、阮瑀、刘桢、应玚等人也有《公宴》诗，当是同时所作。诗中赞美了曹丕的好客，描绘了铜雀园的优美夜景及游园的快意心情。“明月澄清影”以下六句，用字精美，词藻妍丽，显示了诗人高超的语言技巧，从中可以见出植诗“词采华茂”的特征。

公子敬爱客①，终宴不知疲。

清夜游西园②，飞盖相追随③。

明月澄清影④，列宿正参差⑤。

秋兰被长坂⑥，朱华冒绿池⑦。

潜鱼跃清波，　好鸟鸣高枝。

神飙接丹毂⑧，轻辇随风移⑨。

飘飖放志意⑩，千秋长若斯⑪。

---

① 公子：指曹丕。当时曹操尚在，曹丕任五官中郎将，故尚称公子。

② 西园:即铜雀园。 ③ 盖:车篷,这里代指车。飞盖:是说车子行走得轻快。 ④ 澄:澄清。影:指月光。 ⑤ 列宿:众星。参差:不整齐的样子,这里指星光闪闪烁烁的样子。 ⑥ 坂:高坡。 ⑦ 朱华:指芙蓉,即荷花。冒:覆盖。 ⑧ 飙:疾风。神飙:言飙风之迅速。毂:见曹丕《芙蓉池作》注。 ⑨ 辇:车。见曹丕《芙蓉池作》注。 ⑩ 飘飖:随风飘荡,这里指逍遥自由。放志意:放纵心意。 ⑪ 斯:此,这样。

翻译

公子非常敬爱宾客,
直到宴饮结束还不知劳累。
趁着幽清的夜晚又把西园游览,
我们乘着轻快的车子紧紧相随。
明月如洗洒下皎洁的月光,
群星正闪烁着点点光辉。
秋天的兰草长满长长的高坡,
红艳的荷花覆盖着池塘绿水。
水中的游鱼在清波中跳跃戏游,
美好的鸟儿高枝鸣唱声声清脆。
疾风吹着红色车轴,
轻快的车子随风急驰如飞。
逍遥自在,尽情地欢快游乐,
永远像这样啊,千秋万岁!

侍太子坐

这是作者参加太子曹丕宴会，陪其宴饮时所赋的诗。诗先从夏日景物写起，接着写宴席的丰盛，歌舞的美妙，最后是作者对曹丕的赞颂，反映了贵族公子哥儿们的安逸享乐生活。此诗当作于公元 218 年或 219 年夏天。

白日曜青春①，时雨静飞尘②。
寒冰辟炎景③，凉风飘我身④。
清醴盈金觞⑤，肴馔纵横陈⑥。
齐人进奇乐⑦，歌者出西秦⑧。
翩翩我公子⑨，机巧忽若神⑩。

---

① 曜：照耀。青春：春天的景色。这里指雨后日出，可爱如春，也暗喻太子曹丕。 ② 时雨：应时好雨，这里指夏雨。静：通“净”。 ③ 寒冰：古人冬天藏冰，夏天用它来驱暑。辟：消除。景：同“影”，指日光。 ④ 凉风：清凉的风。 ⑤ 清醴：这里泛指美酒。金觞：珍贵的饮酒器。 ⑥ 肴：鱼肉美味。馔（zhuàn）：食物。 ⑦“齐人”句：据《史记·孔子世家》载，齐国害怕鲁国称霸，就选能舞《康乐》的

美女八十人，送给鲁君，想借此消磨鲁君的雄心。这里是借以形容歌舞的美妙。 ⑧“歌者”句：据《列子》，薛谭向秦青学唱歌，没有完全学到秦青的本领就要离去。秦青在为薛谭饯行时，“抚节悲歌，声振林木，响遏行云”，薛谭方知自己的本领还差得很远，于是就不走了，请求留下再学。这里借以说宴席上的歌手都是善歌的名手。⑨ 公子：指太子曹丕。 ⑩ 机巧：机智灵巧。

翻译

白日照耀美景如春，
适时好雨洗净飞尘。
寒冰驱散了炎光暑气，
凉风习习吹拂我全身。
金杯里斟满佳酿美酒，
桌上摆列着海味山珍。
舞姿婆娑好像齐女舞《康乐》，
歌声优美恰似秦青来自西秦。
风流潇洒啊，我们的公子，
才智机巧敏捷如神。

送应氏二首

这是诗人送别应氏兄弟的诗。“应氏”指汝南应玚、应璩兄弟二人。应玚，字德琏，汉末诗人，为“建安七子”之一；应璩，字休琏，是应玚的弟弟，也是汉末诗人，魏时曾任散骑常侍等官。建安十六年(211 年)，曹植随父曹操西征马超，从邺城出发，路经洛阳，看到了应氏兄弟，适值应氏兄弟又要离洛北上，所以作了这两首诗以送别。第一首写洛阳的荒凉残破；第二首写惜别之情。

其一

初平元年(190 年)，董卓威逼汉献帝西迁长安。离洛时，董卓发掘帝王公卿坟墓，收杀城中富人，放火烧毁了洛阳的宫室宗庙、官府民房，驱数百万人随行，使洛阳“二百里内，室屋荡尽，无复鸡犬”。此后，虽已过了二十一年，但因战祸连年，故残垣断壁，历历在目，到处仍是一片残破荒凉景象。作者真实地描写了这一景象，控诉了封建军阀的滔天罪行。

步登北邙阪[①]**，遥望洛阳山**[②]**。**

洛阳何寂寞！　宫室尽烧焚。

垣墙皆顿擗[3]，荆棘上参天。

不见旧耆老[4]，但睹新少年。

侧足无行径[5]，荒畴不复田[6]。

游子久不归[7]，不识陌与阡。

中野何萧条！　千里无人烟。

念我平常居[8]，气结不能言[9]。

---

① 北邙：山名，在洛阳城东北，又称北山或邙山。阪(bǎn)：山坡。② 洛阳山：泛指洛阳四周的群山，这里是指洛阳一带，句末用“山”字，是为了协韵。 ③ 垣(yuán)：墙。顿擗(pǐ)：坍塌断裂。 ④ 耆(qí)：老，古时称人年六十为耆。 ⑤ 侧足：侧身而行。 ⑥ 畴：熟田，耕种过的土地。田：用作动词，耕种。 ⑦ 游子：指应氏兄弟。⑧ 我：指游子。这是作者代应氏兄弟设辞，不是作者自称。居：住宅。应氏兄弟在青少年时期，可能在洛阳居住过。 ⑨ 气结：悲情郁结。此句言悲痛得说不出话来。

翻译

漫步登上北邙山坡，

遥望洛阳一带的绵绵群山。

洛阳城多么荒凉冷落，

宫室被火烧得精光一片。
残墙断壁东倒西歪，
荆棘丛生高插云天。
到处见不到旧时的老人，
所见尽是新一代的少年。
侧身举步没有小路可走，
田地荒废不再有人种田。
你们远行在外久未归家，
归家也无法把道路认辨。
城外郊野是多么萧条，
千里之内看不到人烟。
想起我以往的洛阳生活，
心情郁闷，难置一言。

其二

此篇抒写惜别之情。诗先从时世艰难，人生短促，别多聚少写起，引出对这次聚会的珍惜；接着写饯别场面，借酒宴丰盛而人不尽觞，表达出依依惜别之情；最后直抒心愿，写出对应氏兄弟的真挚深厚的友情。

清时难屡得[1]，嘉会不可常[2]。

天地无终极[3]，人命若朝霜[4]。

愿得展嬿婉[5]，我友之朔方[6]。

亲昵并集送[7]，置酒此河阳[8]。

中馈岂独薄[9]？宾饮不尽觞[10]。

爱至望苦深[11]，岂不愧中肠[12]？

山川阻且远， 别促会日长。

愿为比翼鸟[13]，施翮起高翔[14]。

---

① 清时：政治清平的时代。 ② 嘉会：美好的聚会。 ③ 终极：尽头。 ④ 人命：人的寿命。 ⑤ 展：适。嬿婉：安乐和顺。此句是祝福应氏兄弟前途平安。 ⑥ 之：往，到。朔方：北方。 ⑦ 亲昵：亲近。 ⑧ 河阳：黄河之北。古称水北为阳，水南为阴。 ⑨ 中馈：古时由妻子主持家庭饮食之事叫主中馈，这里指饯行的酒宴。 ⑩ 觞(shāng)：古时称酒杯。 ⑪ 至：极。苦：甚，非常。 ⑫ 中肠：内心。 ⑬ 比翼鸟：鸟名。据《尔雅·释地》说，南方有一种鸟，叫鹣鹣，不比不飞。古人常以此鸟比喻男女的情爱，此处借指朋友间的亲密友情。 ⑭ 施：展。翮(hé)：翎羽，这里指翅膀。

翻译

清平的盛世很难多见，

美好的聚会不能经常。

天地悠悠无穷无尽，

人的寿命有如晨霜。

祝愿我的朋友前途如意，

一路顺风平安到达北方。

亲朋近友相聚来送行，

置酒设宴洛水北岸旁。

难道是酒宴的菜肴不丰美？

宾客无情无绪喝得不尽量。

相爱至深对我期望也更大，

怎不使我心中惭愧难当？

此去山川险阻路又远，

离别匆匆，相会的日子却久长。

但愿化作比翼鸟，

与君展翅高飞翔。

杂诗六首

前人多把这六首诗当作组诗，其实它们并不是作者一时一地之作，内容也不相关联。这六首诗原来可能都有题目，后来失传了，编诗集的人于是把它们编录在一起，总题为“杂诗”。这六首诗也载于《文选》，现依《文选》次序。

其一

这是一首怀人诗，所怀之人可能是曹植的异母弟曹彪。曹彪于黄初三年(222 年)封为吴王，五年改封寿春。从诗中“江湖”“南游”等语句看，作者与曹彪在吴地相会。据此，可知此诗当作于黄初三年至五年之间，此时曹植先在鄄城，继而移封雍丘。

高台多悲风[①]，朝日照北林[②]。
之子在万里[③]，江湖迥且深[④]。
方舟安可极[⑤]，离思故难任[⑥]。
孤雁飞南游，过庭长哀吟[⑦]。
翘思慕远人[⑧]，愿欲托遗音[⑨]。
形景忽不见[⑩]，翩翩伤我心[⑪]。

① 悲风:凄厉的风。 ② 北林:林名。 ③ 之子:那个人,指所怀念的人。 ④ 迥:远。 ⑤ 方舟:两船并在一起称方舟,此泛指舟船。极:到。 ⑥ 离思:离别的愁思。任:承受。 ⑦ 吟:鸣叫。 ⑧ 翘:仰头。远人:指所怀念的人,与“之子”指同一人。 ⑨ 遗音:寄书信。 ⑩ 景:同“影”。形影,指雁的形影。 ⑪ 翩翩:轻快疾飞的样子。

翻译

高台上不断刮着悲风,
早晨的太阳照着北林。
那人正在万里之外,
远隔着的江湖又远又深。
一叶扁舟怎能到达,
难以忍受的离愁使人伤神。
失群的孤雁向南飞去,
掠过庭院上空发出声声悲音。
抬头见雁思念远方的亲人,
真想托你带个音信。
瞬间不见孤雁的踪影,
它飞得那样快真使我伤心。

其二

这是一首抒写客子从戎远行，生活悲苦的诗，表现了曹植对从戎客子的深切同情。诗的前六句以比兴手法，描写了客子的飘零流离的痛苦，后六句揭示出客子衣食不继的悲苦生活。汉末建安时期是一个动乱的年代，祸乱迭起，战争频仍，民不聊生，百姓流离失所，曹植描写客子的流离贫困生活，在当时有一定的普遍意义。

另外，诗中也融入了曹植自己的生活影子，有着自嗟贫困的意思。他在《迁都赋》的序文中说："余初封平原，转出临淄，中命鄄城，遂徙雍丘，改邑浚仪，而末将适于东阿。号则六易，居实三迁。连遇瘠土，衣食不继。"曹植就是把这种遭遇融进了对客子的描写中，借客子之不幸写自己之苦痛。所以，我们从客子身上可以清楚地窥见曹植的身影。诗的末二句换韵，有如变徵之声，其所发慨叹，最为凄楚。

转蓬离本根①，飘飖随长风②。
何意回飙举③，吹我入云中。
高高上无极， 天路安可穷？

类此游客子，捐躯远从戎[4]。

毛褐不掩形[5]，薇藿常不充[6]。

去去莫复道，沈忧令人老[7]。

---

① 转蓬：见曹操《却东西门行》注。 ② 飘飖：飘荡。 ③ 飙：旋风。 ④ 从戎：从军。 ⑤ 毛褐：粗毛短衣。形：形体，指身体。 ⑥ 薇：野菜。藿：豆叶。 ⑦ 沈忧：深沉的忧愁。

翻译

蓬草离开自己的根，

飘飘荡荡随长风。

谁料旋风拔地起，

把我吹上白云中。

越吹越高无尽头，

天路漫漫怎可穷？

类如飞蓬的从军游子，

从军远征报国效忠。

但他们粗布短衣不遮体，

野菜、豆叶也常难把饥充。

抛开这些不要再说吧，

过分忧伤会使人衰老白发生。

其三

本篇写空闺织妇思念从军不归的丈夫。前六句写织妇悲苦烦乱的心情，白天烦乱，不能成织；夜间悲苦，无法入眠。次四句交代织妇悲苦的原因和独守空房的情况。末四句写她急迫想见到丈夫的愿望。但也有人认为此诗是借夫妇之辞，写思君之情。

西北有织妇①，绮缟何缤纷②！
明晨秉机杼③，日昃不成文④。
太息终长夜，悲啸入青云⑤。
妾身守空闺，良人行从军⑥。
自期三年归⑦，今已历九春⑧。
飞鸟绕树翔，嗷嗷鸣索群⑨。
愿为南流景⑩，驰光见我君⑪。

---

① 织妇：指织女星。织女星位于北方，此借指人。 ② 绮缟：有花纹的绢。缤纷：纷乱的样子。 ③ 明晨：清晨。秉：持。机杼(zhù)：织布的梭子。 ④ 日昃(zè)：午后，太阳西斜为昃。文：指绢的纹理。 ⑤ 啸：撮口发出长而响的声音，这里指长声叹息。 ⑥ 良人：对丈夫的尊称。 ⑦ 期：约定时间。 ⑧ 九春：九年。一说，一

年三春，九春指三年。 ⑨ 嗷嗷（jiào）：悲鸣声。索群：寻找伴侣。⑩ 景：同“影”，月光。 ⑪ 君：指丈夫。

翻译

西北有个纺织的妇女，
绢帛织得杂乱不成纹理。
清晨她就投梭开织机，
太阳西斜还织不成匹。
长吁短叹整整一夜，
悲苦的叹声直上云霓。
孤苦零丁守空房，
丈夫从军远行无消息。
本来约定三年把家归，
如今九个春秋已过去。
鸟儿绕着树林徘徊飞，
声声悲鸣呼唤伴侣。
我愿化作南飞的月光，
月光飞驰照见我夫婿。

其四

本篇以比兴手法，借佳人空有绝世的容貌而不为时俗所重，抒写了志士有才而不得施展的悲哀。前人多以为是曹植自伤之词，也有人以为“佳人”是指曹彪，是为曹彪而发。曹彪在江南，曾几次改封，迁徙无定，与诗中“南国”“朝游江北岸”“夕宿潇湘沚”等喻意相近。

南国有佳人①，容华若桃李。
朝游江北岸， 夕宿潇湘沚②。
时俗薄朱颜③，谁为发皓齿④？
俯仰岁将暮⑤，荣曜难久恃⑥。

---

① 南国：江南。 ② 潇湘：指潇水和湘水。潇水在湖南省永州市零陵区西北和湘水会合。沚：水中小洲。“朝游江北”、“夕宿潇湘”喻迁徙无定。 ③ 薄：轻视，不看重。朱颜：犹红颜，指美貌。 ④ 谁为(wèi)：即“为谁”。发：开启。皓齿：洁白的牙齿。发皓齿，是指开口唱歌。 ⑤ 俯仰：喻时间短促。 ⑥ 荣曜：花开灿烂，这里借以指人的青春。恃(shì)：倚赖，凭恃。

翻译

江南有个绝色的美人，
容貌如花就像盛开的桃李。

早上她游荡在大江北岸，
晚间就在潇湘小洲歇息。
时俗不看重红颜美色，
美人又能为谁开口启齿？
转眼时光飞逝一年将去，
青春美貌难于长久保持。

其五

这是一首述志诗，叙写了作者以身许国，勇赴国难，要求建功立业的志向。大约作于曹魏黄初四年(223年)。据《三国志·魏志·陈思王植传》载，这一年曹植朝京师，曾上疏文帝曹丕，其中有“甘赴江湘，奋戈吴越”之句，这与诗中说自己愿意渡江征吴而不愿东归藩国相合。则此诗与《赠白马王彪》当作于同一时期。只是此诗在先，是作者留居京师上疏曹丕前后时的作品，而《赠白马王彪》则作于与白马王曹彪分路还国之时。

仆夫早严驾①，吾行将远游②。
远游欲何之③？吴国为我仇④。
将骋万里涂，东路安足由⑤？
江介多悲风⑥，淮泗驰急流⑦。

愿欲一轻济[8]，惜哉无方舟[9]！

闲居非吾志， 甘心赴国忧！

---

① 仆夫:赶车的仆人。严驾:整备车马。 ② 行:且。 ③ 何之:何往,何去。 ④ 吴国:指江南的东吴。 ⑤ 涂:同“途”。东路:指往东归鄄城的路。足:值得。由:行。 ⑥ 江介:江畔。悲风:风声凄厉激越。 ⑦ 淮泗:淮水和泗水,是南征东吴孙权的必经的河流。 ⑧ 轻济:轻而易举地渡过河流。 ⑨ 方舟:两船并在一起称方舟,这里泛指舟船,以喻权柄。

翻译

车夫早已把车马套好,

我就要开始去远游。

远游要往哪里去?

东吴孙权是我的仇敌。

我要驰骋万里建功立业,

东归鄄城的路怎值得走?

大江岸畔风声凄厉,

淮水、泗水奔腾着急流。

我想一举渡过淮水大江,

可惜没有渡河的船舟。

悠闲的生活不是我的志向，
我甘愿奔赴前方为国解忧。

其六

这也是一首述志之作。抒写了自己平吴灭蜀、混同天下的雄心壮志和一心为国、不惜牺牲的献身精神。辞情慷慨激昂，雄浑悲壮。黄节《曹子建诗注》以为这是建安十九年(214 年)曹操东征孙吴、曹植在邺城留守时所作。

飞观百余尺[①]**，临牖御棂轩**[②]。
远望周千里， 朝夕见平原。
烈士多悲心[③]**，小人偷自闲**[④]。
国仇亮不塞[⑤]**，甘心思丧元**[⑥]。
拊剑西南望[⑦]**，思欲赴太山**[⑧]。
弦急悲声发， 聆我慷慨言[⑨]。

---

① 观：也称“阙”，就是宫门前的两座望楼。望楼高耸，势如凌空而起，故称飞观。 ② 牖(yǒu)：窗户。御：犹凭，依靠着。棂(líng)轩：栏杆。 ③ 烈士：见曹操《龟虽寿》注。悲心：指忧国忧时之心。④ 小人：与“烈士”对举，指庸人。偷：苟且敷衍。 ⑤ 亮：诚然。

塞：堵塞，杜绝。 ⑥ 丧元：丢掉脑袋。元，指首，即头。 ⑦ 拊：同“抚”。西南：指蜀国，蜀国在西南。 ⑧ 太山：指东吴，东吴在太山南边。 ⑨ 聆：听。

翻译

高耸的望楼百尺多高，
我走近窗户手扶栏杆。
遥望四周千里大地，
早晚满眼是辽阔的平原。
壮士常怀忧国的心思，
小人只图苟且偷安。
国仇吴蜀还未曾平灭，
为国事抛头颅我甘心情愿。
手按宝剑把西蜀眺望，
扫平东吴我恨不得出征泰山南。
琴弦急，声调激越情悲壮，
请听我慷慨激昂的浩歌诗言。

喜 雨

《北堂书钞》引此诗有序说："太和二年大旱，三麦不收，百姓分于饥饿。"《三国志·魏志》卷三和《资治通鉴》卷七十一《魏志三》都有太和二年五月大旱的记载。据此，知此诗当作于太和二年的夏天。此诗当有所寄托，从表面来看是写久旱得雨的喜悦，实际是希望明帝曹叡能如天之无私，重用自己，使自己实现建立功业的理想。"弃之""惠之""登秋必有成"，含意深远。

天覆何弥广①！　苞育此群生②。
弃之必憔悴，　惠之则滋荣③。
庆云从北来④，　郁述西南征⑤。
时雨中夜降，　长雷周我庭⑥。
嘉种盈膏壤⑦，　登秋必有成⑧。

---

① 弥：普遍。 ② 苞：丰茂。群生：众生，这里指众生物。 ③ 滋荣：滋生繁茂。 ④ 庆云：即景云，也称卿云。古人迷信，以为是祥瑞之气。 ⑤ 郁述：即郁律，古"述""律"音义同，云气上升的样子。 ⑥ 长雷：响声持久的雷。周：环绕。 ⑦ 嘉种：良种。膏壤：肥沃的

土壤。 ⑧ 登秋：秋熟。

翻译

苍天笼盖多么辽阔广大！
它繁育成长着万物众生。
抛弃他们，他们必会憔悴困顿，
养育他们，他们一定滋长繁盛。
瑞云从北方袅袅飘起，
飘飘荡荡向南方飞行。
应时的好雨半夜降下，
隆隆的雷声回响在庭院上空。
良种撒满肥沃的土地，
秋熟时节必有好收成。

离友诗二首并序

这是两首赠别诗,采用的是骚体形式。据序知诗中所离的友是指夏侯威。建安十七年(212 年)冬十月,曹操南下征吴,次年春进军濡须口,攻破孙权的江西营,俘虏孙权的都督公孙阳,后回军至曹操的家乡谯。其时曹植也在军中,回乡后与好友夏侯威相会。四月,曹植随军还邺,夏侯威一直送到邺,至秋才别植返谯。这两首诗就是赠别夏侯威之作,第一首写夏侯威送曹植至邺的情况;第二首写夏侯威离邺返谯时,作者于临别前的依依不舍之情。

乡人有夏侯威者①,少有成人之风②。余尚其为人③,与之昵好④。王师振旅⑤,送余于魏邦⑥。心有眷然⑦,为之陨涕⑧,乃作《离友》之诗。其辞曰:

王旅旋兮背故乡⑨,彼君子兮笃人纲⑩,媵予行兮归朔方⑪。驰原隰兮寻旧疆⑫,车载奔兮马繁骧⑬。涉浮济兮泛轻航⑭,迄魏都兮息兰房⑮,展宴好兮惟乐康⑯。

凉风肃兮白露滋[17]，木感气兮条叶辞[18]。临渌水兮登崇基[19]，折秋华兮采灵芝[20]，寻永归兮赠所思[21]。感离隔兮会无期，伊郁悒兮情不怡[22]。

---

① 夏侯威：字季权，沛国谯（今安徽亳州市）人，魏将夏侯渊之子，曾任兖州刺史。 ② 成人之风：成年人的风度。 ③ 尚：崇尚。 ④ 昵（nì）好：亲近友善。 ⑤ 王师：王者之师，指魏军。振：整。振旅，指班师回军，此指曹操带军回邺。 ⑥ 魏邦：魏国。建安十八年汉天子策命曹操为魏公，封土冀州之河东、河内、魏郡、赵国、中山、常山、巨鹿、安平、甘陵、平原等十郡，并下诏按汉初诸侯王的制度设丞相以下群卿百官。 ⑦ 眷：恋。 ⑧ 陨（yǔn）：落。 ⑨ 王旅：即王师。旋：返。兮：语助词，相当于现代的“啊”。背：离去。故乡：指谯。 ⑩ 君子：指夏侯威。笃：厚。人纲：为人的伦理准则。 ⑪ 媵（yìng）：送。予：我。朔方：北方。 ⑫ 原：平原。隰（xí）：低湿的地方。旧疆：指邺。 ⑬ 载：则，语助词。骧：昂首飞驰。 ⑭ 济：济水，在今河南省。泛：浮。轻航：犹言轻舟。 ⑮ 迄：至。兰房：指清幽雅静的宫室。 ⑯ 展：申。康：安乐。 ⑰ 滋：盛。 ⑱ 感：感应。气：节气。辞：分离。 ⑲ 渌水：清澈的水。崇基：高山。 ⑳ 秋华：指菊花。灵芝：灵芝草。 ㉑ 寻：不久。永归：永远归去，久别的意思。所思：所怀念的人，指夏侯威。 ㉒ 伊：语助词。郁悒：心情苦闷、忧愁。怡：喜悦。

翻译

王师凯旋啊离开了故乡，
那君子啊深明礼义品德高尚，
送我远行啊一直送回北方。
驰过平原湿地啊直奔邺城，
车儿飞奔啊马儿把头高扬。
乘着轻快的船儿渡过济水，
回到魏都啊休息在客房，
设宴结好啊真是快乐安康。

秋风萧瑟啊霜露满地，
树感秋气啊枝叶分离。
走近清清的水边啊登上高山，
折取秋花啊采摘灵芝，
很快就要分别啊赠给我的相知。
深感这次别离啊后会无期，
满怀忧愁啊心情凄凄。

赠徐幹

徐幹，字伟长，北海（今山东寿光市）人。“建安七子”之一。曾做过司空军谋祭酒掾属，五官中郎将文学。史载他少无宦情，恬淡寡欲，不慕荣禄，不乐仕进，晚年贫居在家。所著《中论》二十余篇，辞义典雅，其诗现存《室思》等四首。本篇是劝勉徐幹的诗，诗中说徐幹是一个有志于世业的人，但沉沦蓬室，衣食不充，不为世用，恰如宝物被弃。诗人劝其出仕，并表示愿为荐引，流露出深厚的友情。《三国志·魏志》说徐幹卒于建安二十二年（217 年），卒前一二年贫居不仕，此诗当作于这一二年间。

惊风飘白日①，忽然归西山②。圆景光未满③，众星粲以繁④。志士营世业⑤，小人亦不闲⑥。聊且夜行游，游彼双阙间⑦。文昌郁云兴⑧，迎风高中天⑨。春鸠鸣飞栋⑩，流猋激棂轩⑪。顾念蓬室士⑫，贫贱诚足怜。薇藿弗充虚⑬，皮褐犹不全。慷慨有悲心⑭，兴文自成篇⑮。宝弃怨何人？和氏有其愆⑯。弹冠俟知

己[17]，知己谁不然[18]！ 良田无晚岁[19]，膏泽多丰年[20]。 亮怀玙璠美[21]，积久德愈宣[22]。 亲交义在敦[23]，申章复何言[24]。

---

① 惊风：急风。 ② 忽然：疾速地。 ③ 圆景：指月亮。光未满：指弦月。 ④ 粲：明亮。以：且。 ⑤ 志士：有志于建立功业的人，此指徐幹。营：营建，建立。世业：传世的功业，此指著书。 ⑥ 小人：与"志士"对举，此指一般人。 ⑦ 双阙：宫门前的望楼，左右各一。⑧ 文昌：魏都邺宫正殿名。郁：盛。 ⑨ 迎风：观名，即迎风观，在邺城。中天：半空。 ⑩ 春鸠：鸟名。栋：屋梁。飞：形容其高。⑪ 猋(biāo)：同"飙"，旋风。激：猛吹。棂(líng)：窗格子。轩：有窗的长廊。 ⑫ 顾：犹念。蓬室：茅屋。"蓬室士"谓贫士，此指徐幹。⑬ 薇藿：见曹植《杂诗》其二注。虚：指空腹。 ⑭ 慷慨：愤懑不得志的意思。 ⑮ 兴文：写作文章。成篇：指徐幹著的《中论》。⑯ 和氏：指卞和。《韩非子·和氏》载，春秋时楚人卞和得一璞玉，曾先后献给楚厉王和楚武王，因无人识玉而被诬为欺君，断去两足。后楚文王即位，始知是宝玉，琢成玉璧，名和氏璧。曹植反其意而用之，意在劝说徐幹出来做官，有才干而不仕就等于怀璞不献，那么怀璞者本人就有过失。愆(qiān)：过失。 ⑰ 弹冠：弹去冠上的尘土，意思是准备去做官(见《汉书·王吉传》)。俟(sì)：等待。 ⑱ 然：如此，这样。 ⑲ 晚岁：收获迟。 ⑳ 膏泽：肥沃有水的田。㉑ 亮：确信。怀：抱。玙璠：美玉，比喻美德。 ㉒ 宣：显著。㉓ 亲交：亲近的朋友。敦：敦促，勉励。 ㉔ 申：陈。申章：指赠诗。

翻译

急风吹动着太阳，

太阳迅速地落下西山。

夜空中月亮尚未全圆，

天幕上群星明亮灿烂。

志士努力创造着传世功业，

小人也忙忙碌碌没有空闲。

我姑且夜游去寻乐，

游荡在宫前望楼间。

文昌殿云气郁然升起，

迎风观高插半云天。

春鸠在高梁上鸣叫，

旋风激荡着窗棂廊干。

想起居住在茅屋的寒士，

生活困苦真叫人可怜。

野菜豆叶填不饱肚子，

皮布短衣也褴褛不全。

你感情悲愤慷慨不平，

运笔著文自应写出名篇。

宝物被弃该怨谁人？

卞和如怀璞不献也自有过失。
假如是等待知己的援引才出任，
是知己谁又能不援引推荐?
好田不会收获晚，
肥沃的土地自然多丰年。
像你这样真正怀有美德的人，
时间越久美德越昭显。
朋友的责任就是互相敦促劝勉，
赠你这首诗啊，其它又何必多谈?

赠丁仪

丁仪，字正礼，沛郡（今安徽宿州市西北）人。丁仪有善名，曹操曾想把女儿嫁给他，因曹丕阻挠而未成，丁仪由此含恨曹丕。在曹丕与曹植争当太子过程中，丁仪与其弟丁翼站在曹植一边，与曹植亲近，故也被曹丕忌恨。曹丕“即王位”（见《三国志·魏书·陈思王植传》），就借故杀害了丁氏兄弟。此诗当作于曹操死后、曹丕为魏王后不久。开篇四句，写物象萧杀，使人联想到当时的政治气候；“在贵多忘贱”四句，又暗含着对曹丕的不满与对丁仪不受恩赏的同情；结末四句，表示自己绝不忘旧，要像延陵季子那样，为帮助朋友而无所珍惜，让丁仪放宽心。

初秋凉气发，　庭树微销落[1]。
凝霜依玉除[2]，清风飘飞阁[3]。
朝云不归山[4]，霖雨成川泽[5]。
黍稷委畴陇[6]，农夫安可获？
在贵多忘贱，　为恩谁能博[7]？
狐白足御冬[8]，焉念无衣客？

思慕延陵子[9]，宝剑非所惜。

子其宁尔心[10]，亲交义不薄[11]。

---

① 销落：散落，萎落。 ② 玉除：白石阶台。 ③ 飞阁：高阁，"飞"是形容其高。 ④ 朝云：早晨的云。 ⑤ 霖雨：连阴不断的雨。⑥ 委：通"萎"。畴陇：泛指田地。 ⑦ 为恩：施恩。博：广博。⑧ 狐白：指珍贵的狐裘。齐景公的时候，大雪三日不晴，景公穿着狐白的皮袄，坐在堂上，对晏子说："下了三天大雪，天一点也不冷，真奇怪！"晏子说："贤君应该自己吃饱了，还要了解别人是否饥饿；自己穿暖了，还要体念别人是否受冻才是。"（见《晏子春秋》卷一）⑨ 延陵子：指延陵季子。据《新序·节士》载，吴国延陵季子去访问晋国，经过徐国。徐君很喜爱延陵季子所佩带的宝剑，希望能送给他。延陵季子看出了徐的心思，暗中决定访问晋国后将剑送给他。但等延陵季子回来时，徐君已死，季子便把宝剑挂在徐君坟前的树上而去。这里借延陵季子事说自己绝不忘怀与丁仪的友情。⑩ 子：对男子的尊称，这里指丁仪。宁：安。 ⑪ 亲交：见《赠徐幹》注。

翻译

初秋了，凉风阵阵吹起，

庭院里的树木开始凋落。

寒霜凝结在白石台阶上，

清风吹拂着高高的楼阁。

早晨的阴云布满天空不消发作散，

连绵的秋雨下得水流成河。

庄稼都淹死在田地里，

农夫还能有什么收获？

身在尊位多把穷人忘。

施恩谁又能周遍广博？

身穿狐皮大衣不知天寒，

谁又想到无衣的贫士寒客？

我倾慕不忘朋友的延陵季子，

为朋友千金宝剑也毫不吝啬。

朋友啊，请你放宽心吧，

我们的情谊深似大海永不枯竭。

赠王粲

王粲，字仲宣，山阳高平（今山东邹城市）人。善诗能文，少时曾为蔡邕所赏识，是“建安七子”中成就最高的作家。董卓部属李傕等作乱长安时，王粲避难荆州，依附刘表；刘表死后，归依曹操。王粲初归曹操时，未任显职，心中郁郁不欢，曾写诗给曹植，倾诉自己的忧情和愿望。曹植得诗后，就拟王粲原诗（《杂诗·日暮游西园》）写了这首诗来劝慰他。

端坐苦愁思①，揽衣起西游②。
树木发春华③，清池激长流④。
中有孤鸳鸯⑤，哀鸣求匹俦⑥。
我愿执此鸟⑦，惜哉无轻舟。
欲归忘故道⑧，顾望但怀愁⑨。
悲风鸣我侧，羲和逝不留⑩。
重阴润万物⑪，何惧泽不周⑫？
谁令君多念⑬，遂使怀百忧。

① 端坐：正坐。 ② 揽衣：披衣。西：指西园，即铜雀园。 ③ 华：同“花”。 ④ 清池：指玄武池。 ⑤ 孤鸳鸯：喻王粲。 ⑥ 匹俦：配偶。匹、俦同义，皆为双、伴侣的意思。 ⑦ 执：志同者称执。 ⑧ 故道：旧道。 ⑨ 但：只。 ⑩ 羲和：神话中驾御日车的神，这里代指太阳。逝：去。 ⑪ 重阴：密云，这里喻曹操。古人信阴阳五行，与人事相比附，说臣为阴。时曹操为丞相，故称阴。 ⑫ 泽：此指恩泽。周：普遍。 ⑬ 君：指王粲。多念：多思。

翻译

呆呆地坐着，苦于愁思的折磨，
起来披上衣裳，到西园游乐。
树上开满春天的花朵，
清澈的池水荡起长长的流波。
池中有只孤独的鸳鸯，
为寻找伴侣哀鸣不辍。
我愿和这鸳鸯交朋友，
可惜没有船只把我渡过。
想回去，已忘记来时的旧路，
回头望，只有忧愁袭满心窝。
悲风在我身边鸣响，

太阳西去不肯停脚。
浓密的阴云降雨滋润万物，
何必担心得不到雨露恩泽。
谁叫你想得这么多啊，
使你忧愁满怀不快活。

赠丁仪、王粲

本篇是规劝丁仪、王粲的诗。诗中对丁仪、王粲不满于身居下位（时二人皆为丞相掾），加以规劝，诚恳坦率地指出，他们的“怨”或“欢”都失之于偏激，不合于正确的立身处世的准则，应当奉行“中和”之道。

关于这首诗的写作年代，黄节《曹子建诗注》定于建安二十年曹操征张鲁时；古直《曹子建诗笺》则考定此诗作于建安十六年曹操西征马超、韩遂，招降杨秋之后。据诗中描写和其他记载看，后说为是。曹操西征马超，曹植曾从行（见曹植《离思赋序》），故诗中所写从军路线和所见，历历在目，非亲身经历，难以下笔。

从军度函谷[①]，驰马过西京[②]。山岑高无极[③]，泾渭扬浊清[④]。壮哉帝王居，佳丽殊百城[⑤]。员阙出浮云[⑥]，承露概太清[⑦]。皇佐扬天惠[⑧]，四海无交兵[⑨]。权家虽爱胜[⑩]，全国为令名[⑪]。君子在末位[⑫]，不能歌德声[⑬]。丁生怨在朝，王子欢自营[⑭]。欢怨非贞则[⑮]，中和诚可经[⑯]。

① 函谷:关名,旧称秦关,在今河南灵宝市西南,东自崤山,西至潼津,大山中裂,有路如槽,深险如函,故称函谷。汉武帝时改旧关为弘农县,关名移在河南新安县东北,去秦旧关三百里,亦称汉关。本诗“函谷”当指武帝移置后的汉关。 ② 西京:指长安。 ③ 岑:山小而高。 ④ 泾渭:水名。泾水发源于甘肃,流经陕西;渭水亦自甘肃流入陕西,两水于高陵县合流,再东流入洛水入黄河。扬:明。浊清:泾水浊,渭水清,合流时清浊分明。 ⑤ 佳丽:宏伟华美。殊:超过。 ⑥ 员阙:“员”同“圆”,汉武帝修建章宫,于宫门北造圆阙,高二十五丈,上有铜凤凰。出浮云:高出浮云之上。 ⑦ 承露:承露盘。汉武帝好神仙,于建章宫内造承露盘,高二十丈,大七围,用铜铸成,上有仙人掌承露,妄想服饮甘露以延年益寿。概:同“扢”,摩。太清:指天。 ⑧ 皇佐:指曹操,时曹操为丞相。天惠:犹君恩。 ⑨ 交兵:指战争。 ⑩ 权家:兵家。 ⑪ 全国:保全一国,指对方不战而降。《孙子兵法》说,用兵时使敌方不战而降,敌国不遭受破坏是上策,攻破敌国则次之。这里指杨秋不战而降。令名:好名誉。 ⑫ 君子:指丁仪、王粲。末位:下位,卑微的官职。 ⑬ 德声:指曹操的美德声誉。 ⑭ 丁生、王子:指丁仪、王粲。自营:经营自己个人的事业。⑮ 贞:正。则:法则。 ⑯ 中和:不偏不倚,和平中正。经:法。

翻译

随军穿越函谷关,

驱马经过长安城。
沿途山高不见顶，
泾渭清浊水分明。
雄壮啊，帝王居住的京都，
宏伟壮丽超过其它的城。
圆阙拔地而起穿过云层，
承露盘高耸直接青天碧空。
丞相广布汉天子的恩德，
四海清平天下无战争。
兵家用兵虽说志在取胜，
不战而使敌国屈服才更有美名。
你们两位身居下位官职小，
还不能高唱颂德的歌声。
丁君抱怨在朝把官做，
王君自喜把个人事业经营。
你们的喜怨都非为人的正道，
立身处世的准则是中正和平。

赠白马王彪并序

白马王彪指曹彪。曹彪字朱虎,是曹植的异母弟。据《三国志·魏志》载,曹彪于黄初二年为汝阳公,三年进封弋阳王,同年徙封吴王,七年改封白马王。与诗序不合。黄节考证,认为曹彪于黄初四年确曾封白马王,《魏志》漏载。这一考证是对的,应以“序”说为是。黄初四年曹植、曹彪和任城王曹彰同到京师洛阳朝会,参加迎气典礼。任城王突然死于洛阳。曹植痛感任城王的暴死,又有感于归藩时,想与曹彪同路东归而遭到监国者的阻挠,便愤然写下此诗。此篇最早见于《三国志》裴松之注引《魏氏春秋》,无序。序文最先见于《文选》。本诗原题作《于圈城作》,现题乃萧统据序文所改。全诗共七章,抒写了在回国途中与曹彪被迫分手、骨肉生离死别的悲痛和政治上被迫害的激愤情绪,反映了统治阶级的内部矛盾。全诗感情真挚,悲苦沉痛,死生之戚,别离之苦,充溢于字里行间,是曹植后期的代表作品之一。

黄初四年五月[①],白马王、任城王与余俱朝京师[②],会节气[③]。到洛阳,任城王薨[④]。至七

月，与白马王还国[5]。后有司以二王归藩[6]，道路宜异宿止。意毒恨之[7]。盖以大别在数日[8]，是用自剖[9]，与王辞焉。愤而成篇。

谒帝承明庐[10]，逝将归旧疆[11]。清晨发皇邑[12]，日夕过首阳[13]。伊洛广且深[14]，欲济川无梁[15]。泛舟越洪涛，怨彼东路长[16]。顾瞻恋城阙[17]，引领情内伤[18]。

太谷何寥廓[19]，山树郁苍苍。霖雨泥我涂[20]，流潦浩纵横[21]。中逵绝无轨[22]，改辙登高岗。修坂造云日[23]，我马玄以黄[24]。

玄黄犹能进，我思郁以纡[25]。郁纡将何念，亲爱在离居[26]。本图相与偕[27]，中更不克俱[28]。鸱枭鸣衡轭[29]，豺狼当路衢[30]。苍蝇间白黑[31]，谗巧令亲疏[32]。欲还绝无蹊[33]，揽辔止踟蹰[34]。

踟蹰亦何留？相思无终极。秋风发微凉，寒蝉鸣我侧。原野何萧条，白日忽西匿[35]。归鸟赴乔林[36]，翩翩厉羽翼[37]。孤兽走索群[38]，衔草不遑食[39]。感物伤我怀[40]，抚心长太息。

太息将何为？天命与我违[41]。奈何念同生[42]，一往形不归[43]。孤魂翔故域[44]，灵柩寄京师[45]。存者忽复过[46]，亡殁身自衰[47]。人生处一

世，去若朝露晞[48]。年在桑榆间[49]，影响不能追[50]。自顾非金石[51]，咄唶令心悲[52]。

心悲动我神，弃置莫复陈[53]。丈夫志四海，万里犹比邻[54]。恩爱苟不亏[55]，在远分日亲[56]。何必同衾帱[57]，然后展殷勤[58]！忧思成疾疢[59]，无乃儿女仁[60]。仓卒骨肉情[61]，能不怀苦辛！

苦辛何虑思？天命信可疑[62]。虚无求列仙[63]，松子久吾欺[64]。变故在斯须[65]，百年谁能持[66]？离别永无会，执手将何时？王其爱玉体[67]，俱享黄发期[68]。收泪即长路[69]，援笔从此辞[70]。

---

① 黄初：魏文帝（曹丕）年号。黄初四年是公元223年。 ② 任城王：指曹彰，曹植同母兄，黄初三年封任城王。任城即今山东济宁市。 ③ 会节气：魏制，每年立春、立夏、立秋、立冬四节之前的第十八日，举行迎气典礼，诸王皆来京师朝会，叫会节气。此处指迎立秋节。 ④ 薨（hōng）：诸侯死曰薨。 ⑤ 国：指诸侯的封国。 ⑥ 有司：主管某事的国家官吏，此指监国使者灌均。藩：藩国，封地。 ⑦ 毒恨：痛恨。 ⑧ 大别：永别。 ⑨ 是用：因此。自剖：自己把心里的话倾诉出来。 ⑩ 谒（yè）：进见，拜见。承明庐：宫名，天子所居，寝息之所。 ⑪ 逝：句首语气词。旧疆：指曹植封地鄄城。 ⑫ 皇邑：皇都，指洛阳。 ⑬ 首阳：即邙山，在洛阳东北。 ⑭ 伊洛：伊水和洛水，伊水源出河南熊耳山，于偃师市入洛水。洛水源出

陕西，经河南巩义市入黄河。 ⑮ 济：渡。梁：桥。 ⑯ 东路：鄄城在洛阳东，故称回鄄城的路为东路。 ⑰ 顾瞻：回头眺望。城阙：指洛阳。 ⑱ 引领：伸长脖子。 ⑲ 太谷：谷名，即通谷，在洛阳东南五十里。寥廓：空阔辽远。 ⑳ 霖雨：见《赠丁仪》注。 ㉑ 潦(lǎo)：路上的积水。 ㉒ 逵：路。轨：车迹。 ㉓ 修坂：长的山坡。 ㉔ 玄以黄：即玄黄，指马病。 ㉕ 郁：愁闷。以：同"而"。纡：心情郁结。 ㉖ 亲爱：指兄弟。离居：离群索居，这里指兄弟各居一方，彼此分离。 ㉗ 本图：原打算。偕：同。 ㉘ 中更：中途发生变更。 ㉙ 鸱枭(chī xiāo)：猫头鹰，古人迷信，认为它是恶鸟，闻其叫声不祥，此处用以比喻阴险的小人。衡：车辕前的横木。轭：挽在马颈上的曲木。 ㉚ 豺狼：喻小人。衢：四通八达的道路。 ㉛ 苍蝇：喻变乱善恶的小人。间：毁。 ㉜ 谗巧：谗言巧语。 ㉝ 蹊：道路。 ㉞ 辔：马缰绳。止：语中助词。踟蹰：迟疑不进。 ㉟ 忽：急速。匿：隐藏。 ㊱ 乔林：乔木林。乔木，高大的树木。 ㊲ 翩翩：上下飞动的样子。厉：振。 ㊳ 索：寻求。 ㊴ 不遑：无暇，没有功夫。 ㊵ 感物：触物生感的意思。 ㊶ 天命：受之于天的命运。违：违背。 ㊷ 同生：同胞兄弟，指曹彰。曹丕、曹植、曹彰都是卞皇后所生。 ㊸ 一往：死去。 ㊹ 孤魂：指曹彰的魂。故域：指曹彰的封地任城。 ㊺ 灵柩：装有尸体的棺木。 ㊻ 存者：活着的人，指作者自己和曹彪。过：指死。 ㊼ 亡殁：死亡。有人说"存者"和"亡殁"的位置应互换，言死者已死，存者也难持久(见刘履《选诗补注》)，译文从此说。 ㊽ 晞：干。 ㊾ 桑榆：指太阳西斜，天已将晚，比喻人到晚年。 ㊿ 影：日光。响：声音。 51 顾：念。 52 咄唶(duō jiè)：惊叹声。 53 陈：述说。 54 比邻：近邻。 55 苟：如果，倘使。亏：

亏损。 ⑯ 分(fèn):情分,感情。日亲:日益亲密。 ⑰ 衾(qīn):被子。帱(chóu):同“裯”,床帐。 ⑱ 殷勤:委婉曲折的情意。⑲ 疢(chèn):病。 ⑳ 无乃:岂非。儿女仁:指小儿女的脆弱感情。㉑ 仓卒:急促,匆忙之间。骨肉:指兄弟。 ㉒ 信:诚。 ㉓ 虚无:指求仙之事荒诞不可信。列仙:众仙。 ㉔ 松子:即赤松子,见曹操《陌上桑》注。吾欺:欺吾。 ㉕ 变故:患难事故,指灾祸死亡等不幸事件。斯须:须臾之间,言时间极短。 ㉖ 百年:尽享其天年,正常的生活,直到老死。持:保持,得到。 ㉗ 王:指白马王曹彪。其:句中语助词。爱:珍惜,保重。 ㉘ 黄发:人老后头发由白变黄,此指高寿。 ㉙ 即:就,登上。 ㉚ 援:持。

翻译

在承明庐拜见了皇上,
就要返回自己的封疆。
清晨从皇都洛阳出发,
傍晚就翻过了首阳。
伊水、洛水又宽又深,
要渡过它却没有桥梁。
乘船越过汹涌的波涛,
怨恨那东归的路途太长。
一步一回首,京城让人恋。
伸颈眺望,令人心悲神伤。

太谷是多么空阔辽远，
满山树木郁郁苍苍。
连日大雨使道路泥泞难行，
积水浩荡，四处流淌。
大路上已看不见车道，
只好改道登上高岗。
漫长的山坡直上云天，
我马累病了，行走直打晃。

马虽累病还能行进，
我的心却忧愁百结苦难当。
忧愁百结想什么？
亲兄弟就要分手各居一方。
原打算你我结伴同归去，
谁知中途生变不能同行。
猫头鹰在车前鸣叫，
豺狼挡在道路中央。
苍蝇污白变成黑，
小人离间谗言中伤。
想回京，已无路可走，
手握缰绳，徘徊彷徨。

徘徊傍徨有什么留恋?
相思之情啊绵绵不断。
秋风阵阵吹来微微凉意,
寒蝉悲鸣在我的身边。
原野是多么萧条冷落,
太阳匆匆落下西山。
归巢的鸟儿飞向高林,
拍打着翅膀疾飞翩翩。
失群的野兽飞跑着寻找同伴,
口含草儿顾不上咀嚼下咽。
触物生情更使我伤心,
手抚胸膛我深深长叹。

长声叹息有什么用?
命运总和我的心愿相违。
想起我的同胞兄弟,
怎么就这样一去不再归。
他的孤魂飞回自己的封地,
可他的灵柩还寄在京师洛阳。
死了的转眼已经死去,
活着的生命也难久长。
人生一世多么短暂,

就像早晨的露水一晒就干。
年岁已老就像夕阳照桑榆,
逝去的青春如光如声难再追。
自知人生不是坚固的金石,
啊,真让人心伤悲。

心里悲伤影响我的精神,
丢开吧不要再说这些事情。
好男儿志在四方,
远隔万里也像是近邻。
友爱之情如果不损减,
相隔愈远感情日益亲。
何必定要同床共被,
然后才能互表意厚情深!
过度的忧愁会酿成疾病,
恐怕那是小儿女的爱肠情心。
片刻间亲骨肉就要分离,
怎不叫人满怀悲苦和酸辛!

悲苦酸辛有什么思虑?
所谓天命实在太可疑。
求仙访道虚妄无凭信,

赤松子成仙久把我欺。
灾祸瞬间就会发生,
一辈子平安谁又能保持?
从此离别永无相会之日,
握手欢聚又将在何时?
白马王啊,望你保重身体,
愿你我共享高寿百年期。
收起眼泪踏上漫长的归途,
提笔赠诗就此向你告辞。

赠丁翼

丁翼，字敬礼，丁仪弟。少有文采，博学洽闻，建安中曾任黄门侍郎，与曹植友善。曹丕即位后，与兄丁仪同时被杀。本篇是宴会中的赠诗。作者勉励丁翼要积极修养品德，锻炼节操，树立起远大目标，不要做碌碌无为的俗儒。

嘉宾填城阙[①]，丰膳出中厨[②]。吾与二三子，曲宴此城隅[③]。秦筝发西气[④]，齐瑟扬东讴[⑤]。肴来不虚归[⑥]，觞至反无余[⑦]。我岂狎异人[⑧]，朋友与我俱。大国多良材，譬海出明珠。君子义休偫[⑨]，小人德无储。积善有余庆[⑩]，荣枯立可须[⑪]。滔荡固大节[⑫]，世俗多所拘[⑬]。君子通大道，无愿为世儒[⑭]。

---

① 嘉宾：贵宾。填：满。城阙：城门两边的观楼。 ② 中厨：内厨。③ 曲宴：私宴，多指宫中的宴会。城隅：城角，这里即指城阙。④ 秦筝：弦乐器名。古筝原为五弦，后秦将蒙恬改为十二弦，故称秦筝。西气：指秦地的乐曲，多高亢激越的曲调。 ⑤ 齐瑟：弦乐器

名，有五十弦、二十五弦、十九弦等多种，以齐国鼓瑟最多，故称齐瑟。东讴：指齐地流行的歌曲。 ⑥ 肴：见曹丕《秋胡行》注。不虚归：不空归，意为把鱼、肉吃光，饱尝而归。 ⑦ 觞：古代盛酒器。⑧ 狎：亲近。 ⑨ 休偫（zhì）：美好完备。 ⑩ 余庆：多福。⑪ 须：等待。 ⑫ 滔荡：广大的样子。 ⑬ 世俗：犹言社会风尚。⑭ 世儒：即俗儒，指只知抱高头讲章、死守章句而无拯物济世之志的儒生。

翻译

城门楼贵宾聚集一堂，
丰盛的酒筵出自内厨房。
我和诸位知心朋友，
宴饮在城门角楼上。
秦筝弹拨出高亢的西秦曲调，
齐瑟伴奏着齐歌婉转悠扬。
佳肴捧出不会照样送回，
美酒斟上，一饮而光。
我哪里是愿和他人亲近，
只想与朋友一起叙叙心肠。
我们大国多有杰出的人材，
就像大海盛产明珠一样。
君子讲求道义完美无缺，

小人不注意品德修养。
多积善行必定多福禄，
荣辱盛衰可立见不爽。
君子心胸坦荡恪守大体，
世俗拘于小节斤斤较量。
君子通晓大道有壮志，
无人愿做俗儒空活一场。

朔　风

此诗作于明帝太和二年(228年),即作者从浚仪(今河南开封北)再迁雍丘之后。曹植本有“戮力上国,流惠下民,建永世之业,流金石之功”的热切愿望,并一再表示愿辅佐明君,输力王室,但曹丕父子对他不仅不信任,反而接连不断地打击和迫害他。对此,曹植深感痛苦和不满。这首诗就抒写了他屡遭徙迁的不幸和忠不见谅、怀才不展的怨情。

仰彼朔风[1],用怀魏都[2],愿骋代马[3],倏忽北徂[4]。凯风永至[5],思彼蛮方[6],愿随越鸟[7],翻飞南翔。

四气代谢[8],悬景运周[9],别如俯仰[10],脱若三秋[11]。昔我初迁[12],朱华未希[13],今我旋止[14],素雪云飞[15]。

俯降千仞,仰登天阻[16],风飘蓬飞,载离寒暑[17]。千仞易陟,天阻可越,昔我同袍[18],今永乖别[19]。

子好芳草[20],岂忘尔贻,繁华将茂,秋霜悴之[21]。君不垂眷[22],岂云其诚?秋兰可喻,桂树冬荣。

弦歌荡思[23]，谁与销忧？临川慕思，何为泛舟[24]？岂无和乐，游非我邻[25]。谁忘泛舟？愧无榜人[26]。

---

① 朔风：北风。 ② 用：因。魏都：指魏的故都邺城。文帝迁都洛阳以后，邺城仍为魏都之一。 ③ 代马：代，今山西高阳一带，古为代郡，产良马。 ④ 倏忽：急速的样子。徂：往。 ⑤ 凯风：南风。 ⑥ 蛮方：南方曰蛮，此指吴国。 ⑦ 越鸟：越国所产的鸟。古时江浙一带为越地。 ⑧ 四气：犹言四时，指春夏秋冬四季气候。代谢：依次更迭代易。 ⑨ 悬景：指太阳、月亮。运周：周而复始的运行。 ⑩ 俯仰：形容时间短暂。 ⑪ 脱：离开。三秋：犹言三月。“三”非确数，此言时间长久。 ⑫ 初迁：指太和元年作者由雍丘徙封浚仪。 ⑬ 朱华：荷花。希：同“稀”。 ⑭ 旋：返。止：语助词。 ⑮ 素雪：白雪。云：语助词。 ⑯ 天阻：天险，指山。 ⑰ 载：语首助词。离：历。 ⑱ 同袍：指兄弟。 ⑲ 乖别：离别。 ⑳ 子：与下面的“尔”“君”同指明帝。芳草：喻忠爱之心。 ㉑ 秋霜：喻小人。悴：伤残。 ㉒ 眷：顾念。 ㉓ 荡思：荡涤悲思。 ㉔ 何为：谁为。 ㉕ 邻：指志同道合的人。 ㉖ 榜人：驾船的人，比喻良友。

翻译

抬头迎着那阵阵北风，

使我把故都邺城恋想，
我愿跨上代郡的骏马，
飞快地奔向北方。
南风不停地吹来，
不由想起未平定的南方，
我真愿随着越鸟，
展翅向南方飞翔。

一年四季依次更替变换，
日月周而复始地运行天上，
逝去的日子好像在瞬间过去，
离开雍丘好似过了三秋时光。
当年我离开雍丘的时候，
荷花未凋正当怒放，
今天从浚仪归来啊，
白雪飞舞纷纷扬扬。

一会儿走下千丈深渊，
一会儿登上高山天险，
我如蓬草随风上下飘飞，
一年四季经历了酷暑严寒。
千丈深渊容易跨过，

高山险阻也可飞越登攀，
可我当年的兄弟啊，
今天却永远分离难再见。

你喜欢的是芳草，
我难道忘记把它奉献？
只是芳草正当繁茂时，
无情的秋霜却把它凋残。
你虽然不把我垂爱顾念，
我岂能不把忠情倾诉君前？
一片赤诚，秋兰可以作比，
桂树经冬依然叶茂枝繁。

抚弦高歌可以解除忧思，
可有谁与我消愁解烦？
对着滔滔河水思慕不已，
可是何人替我驾船张帆？
难道没有同歌共乐的人？
同游的不是我的知心同伴。
谁会忘记泛舟相追随？
遗憾的是没有艄公掌船。

闺　情

本篇《玉台新咏》题为《杂诗》。《艺文类聚》收此诗入“人部·闺情”，宋人遂依《艺文类聚》改题《闺情》。因曹植有《杂诗》多首，为不致相混，故这里袭用宋人的改题。此诗写闺中妇女对在外丈夫的怀念、疑虑和希望。后人多认为此诗有所寄托，是借夫妇喻君臣，抒写作者对文帝的怀念。黄节《曹子建诗注》则认为此诗作于大和三年(229年)作者徙封东阿后，是怀念明帝的。

揽衣出中闺①，逍遥步两楹②。闲房何寂寞③，绿草被阶庭。空穴自生风④，百鸟翔南征⑤。春思安可忘⑥？忧戚与君并⑦。佳人在远道⑧，妾身单且茕⑨。欢会难再逢，芝兰不重荣⑩。人皆弃旧爱，君岂若平生⑪？寄松为女萝⑫，依水如浮萍⑬。束身奉衿带⑭，朝夕不堕倾⑮。倘终顾眄恩⑯，永副我中情⑰。

---

① 中闺：即“闺中”。闺，女子的居室。　② 逍遥：从容自在。楹

(yíng):屋堂前的柱子。 ③ 闲房:空而大的房,这里指无人居住的房间。 ④ 空穴:这里指门上的孔洞。 ⑤ 征:行。 ⑥ 春思:春天的情思。 ⑦ 忧戚:忧伤痛苦。君:对丈夫的尊称。 ⑧ 佳人:美人,这里指丈夫。 ⑨ 茕:见曹丕《短歌行》注。 ⑩ 芝、兰:皆香草名。荣:花。 ⑪ 平生:少年时。 ⑫ 寄:依。女萝:植物名,即松萝,俗称菟丝,常缠绕在树上生长。 ⑬ 浮萍:植物名,浮在水面上生长。 ⑭ 束身:约束自己,行事谨慎。奉:侍奉。衿:衣领,这里代指衣服。 ⑮ 堕倾:废弃倾覆,这里是松懈的意思。 ⑯ 倘:这里是表示希望之词。顾眄(miǎn):眷恋的意思。 ⑰ 副:符合。中情:内心的感情。

翻译

披上衣裳走出闺房,
自由自在漫步在房前院庭。
空房闲屋是多么寂寞,
庭院阶台长满绿草青青。
门洞吹进来阵阵夜风,
各种鸟儿向南飞行。
春天的情思怎能忘怀?
痛苦忧伤与你相共。
美人啊,你离家门在远地,
我一人在家孤苦零丁。

欢乐的聚会很难再有，
芝草香兰不再开花展容。
男人们都喜新厌旧，
你可像以往对我一片深情？
我像缠在松树上的女萝，
我像飘浮在水面的浮萍。
我恭敬地为你穿衣结带，
一朝一夕也不懈怠放松。
希望最终得到你的眷恋，
永不辜负我的一片衷心。

三　良

这是一首咏叹三良的咏史诗。三良，春秋秦国子车氏的三个儿子——奄息、仲行、鍼虎，是秦国的良臣。据《左传·文公六年》载，秦穆公任好死后，以一百七十人殉葬，子车氏三子也在其中。秦人痛惜子车氏三子的从死，并歌《黄鸟》诗，表示哀悼。黄节认为曹植此诗与《诗经·秦风·黄鸟》同义。建安十六年(211 年)曹植随军西征马超曾到过关中，这篇诗可能是他路过秦穆公墓时，为凭吊三良而作。诗中隐含着对秦穆公以活人殉葬的不满。

功名不可为，　忠义我所安。
秦穆先下世[①]**，　三臣皆自残**[②]**。**
生时等荣乐[③]**，　既没同忧患**[④]**。**
谁言捐躯易，　杀身诚独难。
揽涕登君墓，　临穴仰天叹[⑤]**。**
长夜何冥冥[⑥]**，　一往不复还。**
黄鸟为悲鸣[⑦]**，　哀哉伤肺肝。**

---

① 秦穆：秦穆公，春秋时五霸之一。下世：去世，死亡。　② 三臣：

指三良。见前首注。自残：自杀，指殉葬。 ③ 等：同。 ④ 没：死。 ⑤ 穴：指墓圹。 ⑥ 长夜：喻坟墓。埋在墓里，永不见天日，故称长夜。冥冥：昏暗。 ⑦ 黄鸟：鸟名，今称黄雀。《诗经》有《黄鸟》篇，为秦人哀三良之作，每章都以“交交黄鸟”起兴。此句化用其意。

翻译

功名不可强求，
忠义我所钦羡。
秦穆公下世死去，
三良殉葬把身捐。
生前同享荣华快乐，
死时共担忧苦患难。
谁说捐躯容易，
以身殉死实在艰难。
擦着眼泪走进坟墓，
在墓穴前对天长叹。
坟墓如夜多么昏暗，
一去不能再回还。
黄鸟为他们声声悲鸣，
可哀啊令人伤痛心肝。

情　诗

此篇写征夫远役思归之情。诗先从眼前景物写起，借自由自在的游鱼、飞鸟反衬出征夫羁于行役而不得自由的忧伤，继而写征夫思归，家人盼归，反映出乱离时代，繁重的征役给人民造成的苦难，最后以直抒征夫内心的悲伤作结。全诗情真意笃，凄怆伤悲，读来念人叹惋。

微阴翳阳景[1]，　清风飘我衣。
游鱼潜渌水[2]，　翔鸟薄天飞[3]。
眇眇客行士[4]，　徭役不得归。
始出严霜结，　今来白露晞[5]。
游者叹《黍离》[6]，处者歌《式微》[7]。
慷慨对嘉宾[8]，　凄怆内伤悲[9]。

---

① 微：昏暗不明。阴：指云。翳（yì）：遮蔽。阳景：日光。　② 渌（lù）：清澈。　③ 薄：迫近。　④ 眇眇：遥远的样子。　⑤ 晞：干。此句是写春景。　⑥《黍离》：《诗经 · 王风》篇名。《毛诗序》说，东周大夫行役到陕西故都镐京，见宗庙宫室旧址都变成了田地，长满

了禾黍，他感慨西周的灭亡，故作此诗。本篇引用《黍离》只取行役之义。 ⑦ 处者：与“游者”对举，指家乡的亲人。《式微》：《诗经·邶风》篇名。诗中有“式微，式微，胡不归”句。本篇引用此诗只取劝归之义，写家人盼他早日归家。 ⑧ 慷慨：情绪激动。 ⑨ 凄怆：悲痛。

翻译

幽暗的乌云遮住了太阳，
清风吹动我的衣裳。
鱼儿在清澈的水底欢游，
鸟儿在高空中自由飞翔。
离家远行的人啊，
劳役在身不能回家乡。
走时，寒霜凝满大地，
如今，露水已干不见霜。
远行人吟《黍离》，悲叹行役苦，
家人歌《式微》，盼我快回乡。
对着客人，悲情激动，
内心翻滚着悲痛忧伤。

杂　诗

此诗写“远行客”漂泊在外，孤独无依的景况，其中隐含着作者的身世之感，当是作者后期的作品。诗的最后两句以象征手法，含而不露地写出了自己身遭不幸的原因。

悠悠远行客[1]**，去家千余里**[2]**。**
出亦无所之[3]**，入亦无所止**[4]**。**
浮云翳日光[5]**，悲风动地起。**

① 悠悠：遥远。　② 去：离开。　③ 之：往。　④ 入：谓返家。止：止息。　⑤ 浮云：飘浮的云。诗文中常以浮云喻小人，此句当是以浮云蔽日喻奸佞谗害忠良。

翻译

走得很远很远的游子，
离开家乡一千多里。
出门没有地方可去，

回家也无处止息。

飘动的云遮蔽了太阳，

悲风卷地吹起。

弃妇诗

本篇最初见于《玉台新咏》，后又收录于《太平御览》，本集不载。诗中写妇女因无子而愁思满怀，忧心忡忡，夜不成寐，唯恐被弃的忧思。妇女无子被弃，在封建社会屡见不鲜，是封建社会加给妇女的一道沉重的精神枷锁。作者通过这一妇女忧苦景况的抒写，反映了在封建礼教重压下妇女的不幸命运，暴露了封建婚姻制度的不合理，具有一定社会意义。

石榴植前庭①，绿叶摇缥青②。丹华灼烈烈③，璀采有光荣④。光荣晔流离⑤，可以处淑灵⑥。翠鸟飞来集⑦，拊翼以悲鸣⑧。悲鸣夫何为？丹华实不成⑨。拊心长叹息，无子当归宁⑩。有子月经天⑪，无子若流星；天月相终始，流星没无精⑫。栖迟失所宜⑬，下与瓦石并⑭。忧怀从中来，叹息通鸡鸣⑮。反侧不能寐⑯，逍遥于前庭⑰。踟蹰还入房⑱，肃肃帷幕声⑲。搴帷更摄带⑳，抚弦调鸣筝。慷慨有余音，要妙悲且清㉑。收泪长叹息，何以负神灵㉒。招摇待霜露㉓，何必

春夏成？晚获为良实[24]，愿君且安宁[25]。

---

① 石榴：果树名，果实圆形，内多子，可食，树皮可入药。 ② 缥：浅青色。石榴叶背青白色，被风吹动，呈现青白叶背，故说"摇缥青"。 ③ 灼：烧。烈烈：形容火旺盛。 ④ 璀采：即璀璨，光彩鲜明的样子。 ⑤ 晔(yè)：光。流离："璧流离"的省称，今称琉璃。 ⑥ 淑：善。灵：神。古称鸾凤为神灵之精，故淑灵指鸟而言。 ⑦ 集：鸟止于树。 ⑧ 拊：击，拍。 ⑨ 实：果实。此句是说空开花不结果实。 ⑩ 归宁：已婚女子回家省视父母叫归宁，这里代指被休遣。 ⑪ 经：行。 ⑫ 没：灭。精：光明。 ⑬ 栖迟：游息。 ⑭ 瓦石：比喻微贱。并：相同。 ⑮ 通：至。 ⑯ 反侧：翻来覆去。 ⑰ 逍遥：犹言彷徨。 ⑱ 踟蹰：犹疑不决的意思。 ⑲ 肃肃：形容帷幕的声音。 ⑳ 搴(qiān)：揭起，撩起。摄带：束好衣带。 ㉑ 要妙：美好微妙的意思。 ㉒ 负：辜负。 ㉓ 招摇：桂树的代称。 ㉔ 良实：指桂子。古代传说，桂树秋冬才开花结子，子实成熟，其大如枣，食之可以长生，故称桂实为良实。 ㉕ 君：指丈夫。

翻译

石榴树栽种在前面院庭，

绿叶摇曳泛起点点浅青。

红红的石榴花盛开似火，

光泽鲜艳，明亮晶莹。

明亮晶莹像琉璃般闪光，
它可以使神鸟灵禽居住息停。
翠鸟飞来落在树上，
拍动着翅膀声声悲鸣。
翠鸟悲鸣是为了什么？
悲叹红花空开，结子不成。
我捶着胸膛，长长叹息，
不生儿就要被休回家门。
有儿，好似运行天空的明月；
无儿，就像一闪而逝的流星。
明月和苍天永远长存，
流星一过而灭失去光明。
游息行止失去适当的地位，
像瓦石一样被贱被轻。
忧愁阵阵从心中涌起，
终夜哀叹，直到鸡鸣。
翻来覆去不能入睡，
走出房门，徘徊在院庭。
心神不安又转身回房，
手拉床帐发出肃肃之声。
难入睡啊，撩开幔帐系好衣带，
下床调弦弹奏琴筝。

激昂清越余音袅袅，
乐音微妙哀怨凄清。
收住眼泪长叹一声，
我为什么这样辜负神灵。
桂树待到秋天才开花结子，
何必定要春秋果实结成？
迟熟晚收的才是最好果实，
愿您暂且放心，大器晚成。

七步诗

本篇以萁、豆相煎，比喻骨肉相残，取喻浅显，形象生动，很为人传诵。此诗最初见于《世说新语·文学》篇，说魏文帝（曹丕）命曹植在七步内作成一诗，作不成就处死。曹植便应声而成此诗。文帝听了，深有愧色。这个故事是否可信，很难说定，但这个故实在六朝时就已流传，如任昉《齐竟陵文宣王行状》就提到曹植"见称于七步"。这首诗流传很广，但流传的一般是四句："煮豆燃豆萁，豆在釜中泣；本是同根生，相煎何太急？"大概是传本不同，故有详略之异。

煮豆持作羹[①]，漉豉以为汁[②]。
萁向釜下然[③]，豆在釜中泣。
本是同根生，　相煎何太急？

---

① 羹：菜汤，这里指豆羹。　② 漉：过滤。豉（chǐ）：把豆泡透煮熟，经过发酵制成的豆制品。　③ 萁：豆茎。釜（fǔ）：古代炊具，相当于今天的锅。然：同"燃"。

翻译

煮豆拿来作豆羹，

过滤豆豉作豆汁。

豆茎在锅底下燃烧，

豆子在锅中哭泣。

你我原是一根生，

相煎何必这样迫急？

失　题

此诗仅见于《艺文类聚》，没有标明题目。诗中全用比体，以双鹤相失写人的离别之苦。前六句写离散相失的痛苦，后二句写恐惧迫害的心情，悲言苦语，不胜其哀。此诗当是作者的后期作品，表现了作者身遭迫害的痛苦之情。

双鹤俱遨游，　相失东海傍。
雄飞窜北朔①，　雌惊赴南湘②。
弃我交颈欢③，　离别各异方。
不惜万里道，　但恐天网张④。

---

① 窜：逃窜。朔：北方。　② 湘：湘水。南湘，泛指南方。　③ 交颈：两颈相依，表示亲昵恩爱。　④ 天网：天道如网的意思，后常用来比喻国法。这里是比喻朝廷的迫害。

翻译

两只鹤一起在空中翱翔，

它们不意失散在东海旁。
雄的慌慌张张逃向塞北，
雌的惶惶恐恐飞往南湘。
抛弃了双飞双栖的欢爱，
彼此分离，天各一方。
相隔万里算不上痛苦，
只怕张开捕鸟的大网。

箜篌引

《箜篌引》是《相和六引》之一，属《相和歌·瑟调曲》。古辞现存，写一女子悲悼溺水而死的丈夫。曹植此篇与本事无关，而写的是宴饮宾客的事。前十二句写宴饮的盛况和主客的欢情，继而写欢极而悲，感叹时光流逝，人生短促，好景不常，盛时难再，最后以知命无忧自我宽解作结。此诗大概作于作者封平原侯或临淄侯时，是作者早年贵公子生活和思想消极一面的反映。

置酒高殿上，亲友从我游。中厨办丰膳，烹羊宰肥牛。秦筝何慷慨[①]，齐瑟和且柔[②]。阳阿奏奇舞[③]，京洛出名讴[④]。乐饮过三爵，缓带倾庶羞[⑤]。主称千金寿[⑥]，宾奉万年酬[⑦]。久要不可忘[⑧]，薄终义所尤[⑨]。谦谦君子德，磬折何所求[⑩]。惊风飘白日，光景驰西流[⑪]。盛时不再来，百年忽我遒[⑫]。生存华屋处，零落归山丘[⑬]。先民谁不死[⑭]，知命复何忧[⑮]？

① 秦筝：见《赠丁翼》注。 ② 齐瑟：同注①。 ③ 阳阿：地名，在今山西晋城一带。一说古代的名倡。奏：进。 ④ 名讴：著名的歌手。⑤ 缓带：松宽衣带。倾：尽。庶：众。 ⑥ 称：举。千金寿：以金帛赠人叫寿。此用平原君"以千金为鲁连寿"成语。 ⑦ 奉：进献。万年酬：以长寿谢答。 ⑧ 久要：旧约。 ⑨ 薄终：有始无终。⑩ 磬折：屈身如磬，表示恭敬。磬是一种中部弯曲的乐器。 ⑪ 光景：日光。流：行。 ⑫ 遒：终，尽。 ⑬ 零落：指死亡。 ⑭ 先民：犹古人，过去的人。 ⑮ 知命：此指明白生死的道理。

翻译

酒席摆设在高高的大厅，

赴宴的都是我亲密的朋友。

厨房里置办出丰美的饭菜，

有烹煮羔羊，烧烤肥牛。

秦筝弹奏得多么激昂，

齐瑟音调和谐又轻柔。

阳阿跳起美妙的舞蹈，

还有京都洛阳著名歌手。

宾主欢饮已过三杯，

松宽衣带尽享美味珍馐。

主人赠送贵重的礼品，
宾客答谢主人万寿千秋。
过去的朋友不可忘记，
始厚终薄是道义所羞。
谦逊是君子的美德，
对人恭敬并非有所求。
急风吹送着白亮的太阳，
日光匆匆地向西飞流。
盛壮之年不会再来，
人生百年很快就到尽头。
活着的时候华屋居住，
死后便埋在荒野山丘。
自古以来谁个不死，
明白了生死有命又有何忧？

斗　鸡

本篇属乐府《杂曲歌辞》，写曹氏兄弟与众宾客观看斗鸡游戏。斗鸡之戏起源很早，在春秋战国时期就已经流行，直到唐代，在统治阶层中还盛行不衰。曹植是观看过、参加过斗鸡游戏的，这首诗就具体地描绘了斗鸡场面。刘桢、应玚都有《斗鸡诗》(见《艺文类聚》卷九十一)流传，与此诗当是同一时期的作品。应玚诗有“兄弟游戏场，命驾迎众宾”语，称曹丕、曹植为兄弟，本篇也称“主人”“众宾”，不称“君臣”或“公子”，知此篇当作于建安二十二年(217 年)曹丕立为太子之前，甚至在建安十六年曹丕为五官中郎将之前，是作者早期生活的留影，反映了作者早期的贵族公子的安逸生活。

游目极妙伎[①]，清听厌宫商[②]。
主人寂无为[③]，众宾进乐方[④]。
长筵坐戏客，　斗鸡观闲房[⑤]。
群雄正翕赫[⑥]，双翘自飞扬[⑦]。
挥羽邀清风[⑧]，悍目发朱光[⑨]。
觜落轻毛散[⑩]，严距往往伤[⑪]。

长鸣入青云，扇翼独翱翔[12]。

愿蒙狸膏助[13]，长得擅此场[14]。

---

① 游目：放眼纵观。妙伎：优美舞伎。 ② 厌：倦。宫商：指音乐。 ③ 无为：无所事事。 ④ 乐方：寻欢作乐的方法。 ⑤ 闲房：宽大的房室。 ⑥ 群雄：指参加比斗的雄鸡。翕赫：双翅开合的样子，形容气势凶猛威武之状。 ⑦ 翘：鸡尾部的长羽翎。 ⑧ 挥：振。 ⑨ 悍目：怒目，指两眼瞪圆，透露出一股凶猛之气。 ⑩ 觜：同"嘴"，指鸡嘴。 ⑪ 严：锋利。距：鸡爪的后趾。参加比斗的鸡在趾爪上都装有锋利的金属物，斗时用来刺伤对方。 ⑫ 翱翔：犹徜徉。以上两句是写获胜雄鸡的神情形态。 ⑬ 狸膏：野狸油。据说鸡畏野狸，一闻野狸油膏的味道就会退避，故斗鸡者往往以野狸油涂在鸡头上，来助鸡战胜对方。 ⑭ 擅此场：压倒全场，独操胜算。擅：专。

翻译

看遍了美妙的舞蹈，

听厌了动人的歌唱。

主人寂寞无聊无事可干，

众宾客提出寻乐的妙方。

长长竹席坐满游戏宾客，

观看斗鸡在宽大的室房。

那些雄鸡是多么威风，

两只长尾翎飞翘高扬。

拍动羽翼引起阵阵清风，

两目瞪圆射出红红凶光。

利嘴一啄，轻轻的羽毛四处飞散，

锋利的鸡爪，常常把对方刺伤。

斗胜的雄鸡，长鸣一声直插云天，

它扇动着翅膀徜徉在斗场。

希望得到“狸膏”的帮助，

永远获胜而独占这斗场。

升天行二首

《升天行》是乐府古题，《乐府诗集》列入《杂曲歌辞》。这两首是游仙诗，第一首写蓬莱仙境，第二首写扶桑神树。汉魏期间，神仙之说盛行，巫风大畅，鬼道愈炽，社会上的这种思潮影响了当时的文人，他们追求神仙之道，大写游仙诗，曹植自然也摆脱不掉这种影响，对神仙之说津津乐道。这里的第一首，就反映了他钦羡神仙，追求飞升入天的思想。

乘跻追术士[①]，远之蓬莱山[②]。
灵液飞素波[③]，兰桂上参天。
玄豹游其下[④]，翔鹍戏其巅[⑤]。
乘风忽登举[⑥]，仿佛见众仙[⑦]。

扶桑之所出[⑧]，乃在朝阳谿[⑨]。
中心陵苍昊[⑩]，布叶盖天涯。
日出登东干， 既夕没西枝。
愿得纡阳辔[⑪]，回日使东驰。

① 跻：当是道家的一种飞行法术。据说道家飞行之法有三：一为龙跻，二为虎跻，三为庐跻（见《抱朴子·杂应篇》）。术士：方术之士。② 之：往。蓬莱山：神话中的仙山名。传说渤海中有三个仙山，即蓬莱、方丈、瀛洲，上有仙人居住和长生不死药。 ③ 灵液：神水。④ 玄豹：黑豹，神话中的神兽。 ⑤ 鹍：鸟名，凤凰的别名。⑥ 登：升。 ⑦ 仿佛：看不真切的样子。 ⑧ 扶桑：古代神话中的神树。《十洲记》说，扶桑在大海中，高数千丈，粗一千余围，树上生有两条枝干，是太阳出没的地方。 ⑨ 谿：涧谷。朝阳谿，疑即旸谷，是神话中太阳升起的地方。 ⑩ 中心：指扶桑主干。苍昊：青天。 ⑪ 纡：回转。阳辔：指日车。辔是缰绳。神话传说，太阳装在车上，用六条龙拉着，羲和赶车，在天上行驶。

翻译

施展飞行术追随方士飞行，
飞往遥远的蓬莱仙山。
仙山的神水飞溅起白波，
木兰和桂树高高插入云天。
黑色的神豹在仙山下游玩，
凤凰嬉戏飞翔在山巅。
我驾起长风迅速飞升起来，
隐隐约约看见许多神仙。

扶桑生长的地方，
是在东方的旸谷。
它的主干上指青天，
密叶直把天边盖住。
太阳从东边枝头升起，
黄昏在西边枝头落去。
希望把日车转过头来，
让它再向东方驰驱。

仙人篇

本篇是作者自制的新题乐府诗,取首句头二字“仙人”名篇,《乐府诗集》把它收入《杂曲歌辞》。无古辞。此篇也是一首游仙诗。诗通过与仙人同游的描写,流露出对现实生活的不平和激愤。他遨游天地之间,深感人世间的局促窄小,四海之大,九州之广,却无可托足,而仙人却翱翔云表,逍遥八荒,无拘无束,任意行游。他羡慕仙人的这种优游自得、快乐自由的生活,反映出作者深重的政治苦闷。

仙人揽六著[1],对博太山隅[2]。湘娥拊琴瑟[3],秦女吹笙竽[4]。玉樽盈桂酒[5],河伯献神鱼[6]。四海一何局[7],九州安所如[8]?韩终与王乔[9],要我于天衢[10]。万里不足步,轻举凌太虚[11]。飞腾逾景云[12],高风吹我躯。回驾观紫微[13],与帝合灵符[14]。阊阖正嵯峨[15],双阙万丈余。玉树扶道生[16],白虎夹门枢[17]。驱风游四海,东过王母庐[18]。俯观五岳间[19],人生如寄居。潜光养羽翼[20],进趋且徐徐[21]。不见轩辕氏[22],乘龙

出鼎湖[23]？徘徊九天上，与尔长相须[24]。

---

① 揽：持。六著：古代的博具，用竹片做成，上面刻有点数，类似后世的骨牌。 ② 隅：角落、边沿之地。 ③ 湘娥：传说中的湘水女神。相传帝尧二女娥皇、女英嫁给舜为妃，帝舜南巡死在苍梧之野，二妃也自投湘江，成为湘水女神。拊：击，拍，弹奏。 ④ 秦女：指秦穆公的女儿弄玉。相传秦穆公时，有一个叫萧史的人，善吹箫，秦穆公把女儿许配给他，他就教弄玉吹箫，后来二人飞升成仙。笙竽：皆乐器名。 ⑤ 玉樽：名贵的酒器。 ⑥ 河伯：黄河水神。神鱼：黄河鲤鱼。黄河盛产鲤鱼，鲤鱼跃过龙门则成龙，故称神鱼。 ⑦ 四海：古时四海、九州均指天下。局：局促。 ⑧ 如：往。 ⑨ 韩终：又作韩众，传说中的仙人名。王乔：见曹丕《芙蓉池作》注。 ⑩ 要：邀。天衢：即天路。 ⑪ 太虚：太空，天。 ⑫ 景云：五色彩云，又叫庆云或卿云。 ⑬ 紫微：本为星宿名，这里指天帝居住的紫微宫。⑭ 帝：指天帝。灵符：神符。符是古时用做凭证的东西，上面刻有文字，分作两半，分别由天子与诸侯所持。诸侯朝见时，将自己所持的一半与天子所保存的一半相对合，以检验身份。这里说与天帝合符，是指朝见天帝的意思。 ⑮ 阊阖：天门。嵯峨：高峻的样子。⑯ 玉树：传说中的神树。 ⑰ 白虎：星宿名。枢：轴。 ⑱ 王母：即西王母，见曹操《陌上桑》注。 ⑲ 五岳：东岳泰山、西岳华山、南岳衡山、北岳恒山、中岳嵩山。 ⑳ 潜光：收敛起光彩，这里指隐居。养羽翼：指羽化登仙。据说得道的人，臂生六翮，腹长羽毛，然后得以飞升（见《意林》）。 ㉑ 徐徐：安稳舒缓的样子。 ㉒ 轩辕氏：即

黄帝。 ㉓鼎湖：传说黄帝开采首山铜，在荆山下铸鼎，鼎铸成之后，有龙垂胡须下来迎接黄帝，黄帝骑龙升天，后人于是称黄帝升天处为鼎湖。 ㉔尔：指黄帝。须：等待。

翻译

仙人拿着六箸，
在泰山旁相对游戏。
湘水女神弹拨着琴瑟，
秦女弄玉吹奏着笙竽。
玉杯里斟满桂花酒，
河伯献上黄河神鲤鱼。
四海是多么局促窄小，
九州有何处可去？
韩终、王乔两个仙人，
邀我相会在天路。
万里之遥不值得迈步，
轻轻一飞就直上九天太虚。
驾起五彩祥云腾空飞起，
天风吹拂着我的身躯。
回过车子去访问紫微宫，
和天帝对勘印信神符。

天门巍巍高耸，

双阙万丈有余。

玉树沿着道路生长，

门前蹲着白虎守护。

驾着长风遨游四海，

向东走过西王母的住处。

低头俯视巍峨的五岳，

人生就像在旅舍暂居。

隐居起来养育自己的羽翼，

慢慢修炼成神体仙躯。

岂不见黄帝轩辕氏，

乘龙飞升离开了鼎湖？

我盘桓在九天之上，

等待着黄帝来相聚。

白马篇

本篇又作《游侠篇》，属《杂曲歌·齐瑟行》，无古辞，是曹植自创的新题乐府诗。诗中描写了一个武艺高强、机敏勇敢、忠心无私的游侠少年的英雄形象，热情地歌颂了他以身许国，勇赴国难、不怕牺牲、视死如归的崇高爱国热忱，充满着豪迈高昂的乐观精神。曹植一生热烈追求为国建立功业，输力于明君，有着高远志怀。所以人们多认为此诗是作者借游侠以自况，抒写自己立功报国的理想和抱负。此篇是曹植前期诗歌的重要代表作品之一。

白马饰金羁①，连翩西北驰②。借问谁家子？幽并游侠儿③。少小去乡邑④，扬声沙漠垂⑤。宿昔秉良弓⑥，楛矢何参差⑦。控弦破左的⑧，右发摧月支⑨。仰手接飞猱⑩，俯身散马蹄⑪。狡捷过猴猿⑫，勇剽若豹螭⑬。边城多警急，虏骑数迁移⑭。羽檄从北来⑮，厉马登高堤⑯。长驱蹈匈奴⑰，左顾陵鲜卑⑱。弃身锋刃端，性命安可怀？父母且不顾，何言子与妻！名在壮士籍⑲，不得中

顾私[20]。捐躯赴国难，视死忽如归。

---

① 羁(jī):马络头。 ② 连翩:形容鸟翻飞不停的样子,这里借以比喻纵马飞驰。 ③ 幽、并:皆州名,二州其地相当现在的河北、山西和陕西的一部分。游侠儿:重义轻生、急人困危的少年。 ④ 少小:指年纪很轻。 ⑤ 扬声:扬名。垂:同“陲”,边疆。 ⑥ 宿昔:平素,向来。秉:持。 ⑦ 楛(hù):木名,茎似荆,可做箭杆。楛矢就是用楛木做箭杆的箭。参差:长短不齐的样子。 ⑧ 控弦:拉弓。破:射中。左的:左边的目标。 ⑨ 摧:毁坏。月支:又名素支,箭靶的一种。 ⑩ 仰手:指仰射。接:迎面射击飞行的东西。猱(náo):猿类,体小敏捷。 ⑪ 散:射碎。马蹄:一种箭靶的名称。 ⑫ 狡:狡狯。 ⑬ 剽(piāo):行动轻疾。螭(chī):传说中一种状似龙的黄色猛兽。 ⑭ 虏骑:古对称匈奴、鲜卑的骑兵。数迁移:屡次入犯的意思。 ⑮ 羽檄:紧急文书。檄:古代军中用以征召的文书,写在一尺二寸长的木简上。 ⑯ 厉马:犹言催马。堤:指御敌的工事。 ⑰ 蹈:踏践。匈奴:古代北方的一个民族,魏时杂居在我国山西省北部。 ⑱ 鲜卑:古代我国北方的一个少数民族。魏时杂居在今河北、山西一带。 ⑲ 籍:簿籍,这里指战士的花名册。 ⑳ 中顾:心中挂牵。私:私事,个人的事。

翻译

白马戴着金色的笼头,

飞一般地驰向西北方。
请问那是谁家子弟，
是幽、并一带的侠义儿郎。
从小就离开了家乡，
声名传颂在沙漠边疆。
他一向硬弓在握不离手，
长长短短的利箭装满箭囊。
开弓箭中左边目标，
右射穿透箭靶中央。
一扬手迎面射中机敏飞猱，
一俯身马蹄箭靶应声飞扬。
灵巧敏捷赛过猿猴，
勇猛矫健豹螭一样。
边城常有紧急军情，
胡人屡次犯我边防。
告急文书从北边传来，
他立刻跃马奔赴战场。
长驱直捣匈奴军营大帐，
回头又使鲜卑屈服投降。
投身枪锋刀刃间，
怎能顾惜性命的生死存亡？
生身父母尚不能顾，

还谈什么妻子儿郎。
名字列入壮士的名册，
就不能总把私事挂心上。
舍生忘死奔赴国难，
把死亡看得像回家一样。

名都篇

本篇也是作者自创新题的乐府诗，以首二字名篇，属《杂曲歌·齐瑟行》。无古辞。诗以细腻的笔触，描绘了都市富豪子弟整日里斗鸡走马、射猎饮宴的奢逸浪荡生活，是作者少年时代的贵公子生活的写照。但有人认为此诗含有讽刺，是对富家子弟只知玩乐而无忧国之心的讽刺；或说是抒写自己空有才能而不得其用的苦闷。然细审全诗，终觉以上二说与诗中所写不甚切合。

名都多妖女[①]，京洛出少年。宝剑直千金[②]，被服丽且鲜。斗鸡东郊道，走马长楸间[③]。驰骋未能半，双兔过我前。揽弓捷鸣镝[④]，长躯上南山。左挽因右发[⑤]，一纵两禽连[⑥]。余巧未及展，仰手接飞鸢。观者咸称善，众工归我妍[⑦]。我归宴平乐[⑧]，美酒斗十千。脍鲤臇胎鰕[⑨]，炮鳖炙熊蹯[⑩]。鸣俦啸匹侣[⑪]，列坐竟长筵[⑫]。连翩击鞠壤[⑬]，巧捷惟万端。白日西南驰，光景不可攀[⑭]。云散还城邑[⑮]，清晨复来还。

① 名都：著名的都市，这里指洛阳。妖女：艳丽的女子。 ② 直：同“值”，价值。 ③ 走马：跑马，即赛马。长楸：高大的楸树。古人植楸树于大道两旁，故长楸间，即指大道。 ④ 捷：插，搭上。鸣镝：响箭。 ⑤ 因：“就”字之意。此句是说左手挽弓，右手发箭。⑥ 纵：放箭。两禽：指上文的双兔。古时鸟兽可通称禽。 ⑦ 众工：众射手。妍：好，这里指射技高超。 ⑧ 平乐：即平乐观，汉明帝所造，在洛阳西门外。 ⑨ 臇（juàn）：汁少而较稠的肉汤。此处用如动词。胎鰕：有子的鲐鱼。 ⑩ 炮、炙：都是烧烤。炮，一作“寒”，疑是。熊蹯：熊掌。 ⑪ 俦：伴侣。这句是呼朋唤友的意思。⑫ 竟：满。 ⑬ 连翩：这里是接连不断的意思。击鞠壤：即蹴鞠、击壤。鞠是球，玩时用脚踢。壤是木制的戏具，共两枚，玩时先将一枚放到三四十步之外，用另一块投击它，击中者为胜。 ⑭ 攀：挽留。⑮ 云散：指戏乐的少年像云般地散去回家。城邑：指洛阳。

翻译

名城大都多艳丽的美女，
京都洛阳出俊俏的少年。
佩带的宝剑价值千金，
身穿的衣装华丽光艳。
斗鸡在城东郊外路上，
赛马在林荫大道楸树间。

纵马奔驰还没跑完一半，
一对野兔窜过我的面前。
拉开雕弓，搭上响箭，
驱马追去，奔上南山。
左手挽弓向右射去，
一箭把两兔射翻。
别的技巧还没有施展，
一扬手又射落迎面飞鸢。
观看的人们齐声叫好，
众射手夸我射技精湛。
游罢归来平乐观大摆酒宴，
佳酿美酒一斗价值十千。
有细切的鲤鱼和鲐鱼肉汤，
炒甲鱼和烤熊掌味道更鲜。
呼朋唤友，喧声连天，
长长的筵席一字坐满。
踢球击壤尽情玩乐，
灵巧敏捷花样多端。
不觉太阳已迅速西沉，
时光一去难留不返。
人们返回洛城风流云散，
明天清晨再来寻乐逐欢。

薤露行

本篇是曹植咏怀言志的诗,抒写自己的人生志向和想法。诗先从感慨人生短暂写起,继而表明心志。曹植自负有“王佐才”,深感人生的短暂,希望能够及时建立功业,修养品德,报效国家,如不成功就退而立言,像孔子那样著书立说,垂名后代。曹植在《与杨德祖书》中说:“吾虽薄德,位为藩侯,犹庶几戮力上国,流惠下民,建永世之业,流金石之功。”又说:“若吾志未果,吾道不行,则将采庶官之实录,辩时俗之得失,定仁义之衷,成一家之言。”可以看作是这首诗的最好解说。

天地无穷极,　阴阳转相因①。
人居一世间,　忽若风吹尘。
愿得展功勤②,　输力于明君③。
怀此王佐才④,　慷慨独不群⑤。
鳞介尊神龙⑥,　走兽宗麒麟⑦。
虫兽犹知德,　何况于士人⑧。
孔氏删诗书⑨,　王业粲已分⑩。
骋我径寸翰⑪,　流藻垂华芬⑫。

① 阴阳:指月亮、太阳。古人以月为阴,以日为阳。转:运转。相因:相依。 ② 展:施展。功勤:功劳。 ③ 输力:效力,贡献才力。④ 王佐才:即“佐王才”,辅佐帝王的才能。 ⑤ 独不群:卓然独立,不同于流俗。群:指一般的人。 ⑥ 鳞:指有鳞的水族,如鱼类。介:甲,指有甲壳的水族,如龟鳖类。 ⑦ 宗:崇敬。麒麟:古代传说中的一种“仁兽”,状如麕,麇身,牛尾,一角。 ⑧ 士人:读书人。⑨ 孔氏:指孔丘,春秋鲁国人。据《史记·孔子世家》载,古传的诗有三千余篇,孔子删去重复的,选其可施用于礼仪教化的,留下三百零五篇,编成一部《诗经》。孔安国《尚书序》说,孔子曾研讨《坟》《典》等上古典籍,删繁去乱,编定《尚书》百篇。 ⑩ 王业:帝王的事业。粲:鲜明。分:分明。 ⑪ 径寸:一寸长。翰:笔。 ⑫ 流藻:传世文章。华芬:芳香。

翻译

天地宇宙无穷无尽,

日月运转交替更新。

人活世上度过一生,

快得好比风吹轻尘。

愿能施展才力建功业,

把力量献给圣明国君。

怀抱经世治国的才能,

慷慨独立不同于常人。

鱼鳖把神龙敬为尊长，

走兽都尊崇麒麟。

鱼鳖走兽尚知崇尚道德，

何况知书明礼的读书人。

孔子删定诗书五经，

帝王业绩从此粲然分明。

挥洒我的生花大笔，

文章传世垂美名。

豫章行二首

《豫章行》是乐府旧题，属《相和歌·清调曲》。古辞有《白杨篇》，借白杨根在豫章山、身在洛阳宫以抒写感慨。曹植的这两首是拟古辞《白杨篇》之作。

其一

此篇作者借史议论，说明人生穷达祸福的道理，表达了作者渴求试用的心情。作者认为，人生穷达祸福难以预料，贤者只有得遇明君而用之，才能建立不朽之事业，否则就没有施展抱负的机会，必然会困厄终身。为此他希望执政者能像周公那样礼贤下士，选拔隐沦，使有德有才之人得以报效国家。

穷达难预图[①]**，祸福信亦然。**
虞舜不逢尧[②]**，耕耘处中田。**
太公不遭文[③]**，渔钓终渭川。**
不见鲁孔丘，穷困陈蔡间[④]**。**
周公下白屋[⑤]**，天下称其贤。**

① 穷达：指政治上的困厄和通达两种境遇。预图：预料谋划。② 虞舜、尧：传说中的上古明君。据说舜为天子前，曾在历山耕田，在雷泽捕鱼，在河边制陶，以孝闻名。当时尧帝正在寻找继承人，四岳都举荐舜。帝尧经过长时间的观察，最后让舜摄行天子的政事（见《史记·五帝本纪》）。 ③ 太公：即吕尚，太公望，俗称姜子牙。遭：遇。文：指周文王姬昌。据《史记·齐太公世家》载，吕尚年老穷困，垂钓渭水之滨。一次，周西伯（文王）出猎，遇吕尚，交谈后，便请他辅佐周，立他为师。文王死后，武王即位，尊他为尚父，后辅佐武王灭殷，建立周王朝。 ④ 陈、蔡：春秋时两国名。据《史记·孔子世家》载，孔子初仕鲁国司寇，罢官后周游列国，到了陈、蔡两国之间，楚国派人来聘请他；陈、蔡两国大夫怕孔子适楚对自己国家不利，就派兵围困孔子，孔子绝粮，其随从弟子都饿得站不起来。⑤ 周公：周文王之子，武王的弟弟，名旦。白屋：贫贱的人所居住的茅草小屋。“下白屋”即去穷乡僻壤访贤求能之意。

翻译

穷困通达难以预料，

祸福同样是这般。

虞舜若不遇帝尧，

只能终生耕田在历山。

姜尚不是遇见周文王，

也会永远钓鱼渭水边。
岂不见圣人鲁孔丘，
照样困厄在陈、蔡间。
周公求贤若渴访贫士，
天下至今称赞他圣贤。

其二

本篇是作者自明其心的诗。诗中说，朋友虽亲，但终不如兄弟骨肉之亲，虽然世上也有因权位所在而使兄弟骨肉相争的，但并不全是这样，在权位面前谦和礼让的也不乏其人。这首诗显然是前一首的补充。曹植希望试用，却深恐被人误认为是争权夺位，所以在写了第一首表示希望试用之意后，就在这首诗中以史论事，借赞扬子臧、季札让国的美德来自明心迹。

鸳鸯自朋亲①，不若比翼连②。
他人虽同盟③，骨肉天性然④。
周公穆康叔⑤，管蔡则流言⑥。
子臧让千乘⑦，季札慕其贤⑧。

---

① 鸳鸯：见曹丕《秋胡行》注。朋亲：匹合相亲。 ② 比翼：见《送应

氏》注。这里以比翼鸟喻兄弟。 ③ 同盟:结盟。 ④ 天性:天生,先天的本性。 ⑤ 穆:同“睦”,和睦相亲。康叔:名封,周武王的同母弟。史载他与周公最为和睦。 ⑥ 管蔡:指管叔和蔡叔,周武王的弟弟。流言:周武王死后,成王年幼,周公摄行政事,管、蔡二人散布流言说“周公将不利成王”,并与武庚(殷纣王之子)举兵叛乱。周公奉命东征,杀武庚、管叔,流放蔡叔(见《史记·鲁周公世家》)。 ⑦ 子臧:春秋曹国公子。曹宣公死后,诸侯和曹人反对曹成公,要立子臧为君,子臧不愿,逃避宋国(见《史记·吴太伯世家》)。千乘(shèng):古代一车四马为一乘,有兵车千乘的国家,叫千乘之国。这里的千乘是千乘之国的省词。 ⑧ 季札:春秋吴王寿梦的小儿子。寿梦死后,长子诸樊要让位给季札,季札不接受,并以子臧自比(见《史记·吴太伯世家》)。

翻译

鸳鸯成双成对相亲不离,
但不如比翼鸟身心连在一起。
虽能与他人结盟发誓同友好,
但骨肉相亲却是天性所致。
周公和康叔十分和睦,
而管叔、蔡叔却散布流言蜚语。
子臧礼让千乘之国辞君位,
季札钦慕他的贤德仁义。

美女篇

本篇是乐府歌辞，属《杂曲歌·齐瑟行》，以首二字名篇，无古辞。此篇曹植借美女以自况，用美女因不遇理想的配偶而盛年不嫁，比喻自己的怀才不遇，反映了作者被弃置不用、壮志难酬的苦闷。刘履《选诗补注》卷二："子建志在辅君匡济，策功垂名，乃不克遂，虽授爵封，而其心犹为不仕，故托处女以寓怨慕之情焉。"

美女妖且闲①，采桑歧路间②。柔条纷冉冉③，落叶何翩翩④。攘袖见素手⑤，皓腕约金环⑥。头上金爵钗⑦，腰佩翠琅玕⑧。明珠交玉体⑨，珊瑚间木难⑩。罗衣何飘飘，轻裾随风还⑪。顾盼遗光彩，长啸气若兰⑫。行徒用息驾⑬，休者以忘餐⑭。借问女安居？乃在城南端。青楼临大路⑮，高门结重关⑯。容华耀朝日⑰，谁不希令颜⑱。媒氏何所营？玉帛不时安⑲。佳人慕高义，求贤良独难⑳。众人徒嗷嗷㉑，安知彼所观。盛年处房室，中夜起长叹㉒。

① 妖：见《名都篇》注。闲：娴静。 ② 歧路：岔路。 ③ 冉冉：柔弱下垂的样子。 ④ 翩翩：这里指树叶飞舞。 ⑤ 攘袖：挽起衣袖。素：白。 ⑥ 皓腕：洁白的手腕。约：束，这里是佩戴的意思。⑦ 金爵钗：作雀形的金钗。爵，同“雀”。 ⑧ 琅玕（láng gān）：一种似玉的美石。 ⑨ 交：络。 ⑩ 珊瑚：指用珊瑚虫骸骨制成的美珠。间：间隔，夹杂。木难：传说为金翅鸟沫所化成的碧色明珠。⑪ 裾（jū）：衣服的大襟。还：读作旋，旋转。 ⑫ 啸：撮口出声，这里长啸当是高歌的意思。 ⑬ 行徒：走路的人。用：因。息驾：停车。⑭ 以：因此。 ⑮ 青楼：涂饰青颜色的楼，为古代女子居处的通称，唐以后青楼多指妓女所居。 ⑯ 结：关闭。重关：两道门栓。⑰ 容华：脸上的光彩。 ⑱ 希：钦慕。令颜：娇美的容颜。令：美好。 ⑲ 安：定。 ⑳ 良：实在。 ㉑ 嗷嗷：喧哗乱叫。 ㉒ 中夜：半夜。

翻译

美丽的少女艳丽又娴静，
手采桑叶在岔路间。
柔长的桑枝纷纷飘动，
飘落的树叶飞舞翩跹。
卷起衣袖露出白嫩的手臂，
洁白的手腕戴着金钏。

头上插着金雀钗，
翠绿的玉石挂在腰间。
颗颗明珠佩缀在身上，
珊瑚珍珠夹杂着木难。
罗纱衣衫轻轻飘动，
轻盈裙裳随风翻卷。
秋波一转留下迷人的光彩，
歌喉婉转气出芳香如芝兰。
行路人因看她停下车马，
休息的因看她忘了吃饭。
请问少女家住哪里？
家住城里的大南边。
青色的高楼面临大路，
高高的大门锁着两道门栓。
容光焕发赛过早晨的红日，
谁不惊羡她那娇美的容颜。
真不知媒人在干什么？
怎不及时下聘礼玉成良缘。
人们只知在那里空叫乱嚷，
怎知她有自己的追求打算。
正当青春却独居闺房，
禁不住夜半自怜自叹。

游仙诗

本篇借神仙之事抒写自己的愁苦情怀，是一首有寄托而慕神仙之作。诗中感伤人世不永，多忧少欢，认为只有成仙遨游，摆脱尘世，才能消除人生苦闷。此诗《乐府诗集》不载，当不属乐府诗。

人生不满百，　戚戚少欢娱①。
意欲奋六翮②，　排雾凌紫虚③。
蝉蜕同松乔④，　翻迹登鼎湖⑤。
翱翔九天上⑥，　骋辔远行游⑦。
东观扶桑曜⑧，　西临弱水流⑨。
北极玄天渚⑩，　南翔陟丹丘⑪。

---

① 戚戚：愁苦的样子。　② 六翮（hé）：指鸟的翅膀。翮是鸟羽的茎，据说凡善飞的大鸟均有六根大羽茎。　③ 紫虚：天空。日光照射云霞而成紫色，故称紫虚。　④ 蝉蜕：蝉蜕皮而出，此象征人脱离浊秽尘世而成仙。松乔：指赤松子和王子乔两仙人。　⑤ 翻：飞。登：升。鼎湖：见《仙人篇》注。　⑥ 翱翔：上下翻飞的样子。⑦ 骋辔：纵马奔驰。　⑧ 扶桑：见《升天行》注。曜：光。　⑨ 弱水：

神话中的水名。 ⑩ 玄天：北方。渚：水中小洲。 ⑪ 陟：登。丹丘：神话传说中的地名，据说此地昼夜常明。

翻译

人生一世不过百年，
凄凄苦苦多愁少欢。
真想展开翅膀飞去，
排开云雾直上九天。
摆脱尘世与松乔一样，
像黄帝鼎湖飞升成仙。
自由自在翱翔九天上，
纵马奔驰四处游览。
往东，观看扶桑日出，
西去，直到弱水河边。
向北，到达北极玄洲，
往南，飞到丹丘不夜天。

五　游

这是一首乐府歌辞，《乐府诗集》收录于《杂曲歌辞》，题为《五游》，《艺文类聚》题作《五游咏》。五游，就是遍游四方而后上游天界。此篇曹植从古代神仙传说中，吸取素材，编织幻境，发为诗篇，借以抒写对自由长生的渴望。曹植的游仙诗多是有寄托而言神仙，此篇从开首“九州不足步，愿得凌云翔”两句看，正是这样，它隐含着对现实的激愤。

九州不足步①，愿得凌云翔。逍遥八纮外②，游目历遐荒③。披我丹霞衣④，袭我素霓裳⑤。华盖芳晻蔼⑥，六龙仰天骧⑦。曜灵未移景⑧，倏忽造昊苍。阊阖启丹扉⑨，双阙曜朱光。徘徊文昌殿⑩，登陟太微堂⑪。上帝休西棂⑫，群后集东厢⑬。带我琼瑶佩⑭，漱我沆瀣浆⑮。踟蹰玩灵芝，徙倚弄华芳⑯。王子奉仙药⑰，羡门进奇方⑱。服食享遐纪⑲，延寿保无疆⑳。

---

①九州：指中国。　②八纮（hóng）：八方极远之地。古传说，九州

之外有八殡，八殡之外有八纮，八纮之外有八极。这是古人的想象，并非实有其地。 ③ 遐荒：荒远之处。遐，远。 ④ 丹霞衣：神仙家所想象的神仙衣裳。 ⑤ 袭：在外面再罩上一件衣服叫袭。⑥ 华盖：车盖。晻蔼：蓊郁繁盛的样子。 ⑦ 六龙：仙人以龙为马，六龙即六马。骧：马昂首奔驰。 ⑧ 曜灵：太阳。景，即"影"。⑨ 阊阖：天门。扉：门扇。 ⑩ 文昌殿：天上宫名。太微：天上宫名。 ⑪ 太微：天上宫名。天上有三宫：紫宫、太微宫、文昌宫。⑫ 棂：原指窗格子，此指带窗的房子。 ⑬ 群后：四方诸侯。⑭ 琼瑶：美玉。 ⑮ 漱：饮。沆瀣(hàng xiè)：夜间水汽，或指清露。⑯ 徙倚：犹低回徘徊。弄：玩。华芳：即芳华，指芳草的花。 ⑰ 王子：指王子乔。 ⑱ 羡门：传说中的仙人名。见曹操《陌上桑》注。⑲ 遐纪：遐年，即高龄。 ⑳ 保：安。

翻译

九州太小不能迈步，

愿上云霄自由翱翔。

我逍遥漫游在八纮之外，

纵目观看那极远的地方。

披上我的丹霞神衣，

再罩上白霓的裙裳。

车子华丽，香气芬芳浓郁，

六匹骏马，昂首奔驰飞扬。

太阳的影子还没移动，
一下子却上到了天上。
天门打开那朱红的门扇，
双阙闪耀着红色的光芒。
我在文昌殿徘徊，
又登上了太微堂。
天帝歇息在西面宫舍，
诸侯聚集在东边厢房。
给我系带上美丽的玉佩，
给我喝甘美的仙露神浆。
在灵芝草旁玩赏徘徊，
在芳草花前流连观赏。
王子乔为我送来仙药，
羡门高给我进献奇方。
服食仙药享受高龄，
长生不老万寿无疆。

泰山梁甫行

《泰山梁甫行》又作《梁甫行》，属乐府《相和歌·楚调曲》。梁甫是泰山旁的一个小山，古人迷信，传说人死后魂魄归聚泰山、梁甫。《泰山梁甫行》原是挽歌，此篇是曹植借用旧题写荒远地区贫民的困苦生活。全诗八句，是一首叙事短歌。诗中具体形象地描写了海边贫民的艰苦穷困生活。他们寄身于草野，过着如同禽兽一般的野人生活。这是曹植唯一的直接描写反映人民疾苦的诗篇，值得重视。

八方各异气①，千里殊风雨。
剧哉边海民②，寄身于草野。
妻子象禽兽，　行止依林阻③。
柴门何萧条④，狐兔翔我宇⑤。

---

① 八方：东、西、南、北与东南、东北、西南、西北合称八方。异气：气候不同。　② 剧：艰苦。　③ 行止：行动止息，这里泛指生活。林阻：山林险阻之地。　④ 柴门：用柴草编成的门，形容房屋极其简陋。　⑤ 翔：这里指自由自在地窜来窜去。我：代“边海民”自称。

翻译

八方的气候各不相同，
千里内有的刮风有的下雨。
艰苦啊，海边的贫民，
寄居栖身在荒郊野地。
妻儿老小像禽兽一样，
在深山老林奔波不息。
破陋的房子多么荒凉冷落，
狐狸野兔在屋里窜来窜去。

怨歌行

《怨歌行》为乐府歌辞，属《相和歌·楚调曲》。此篇是忧谗之作。诗中叙述周公忠心辅佐成王，反被管叔、蔡叔流言中伤，幸亏最后成王感悟。曹操死后，曹植备受曹丕父子的猜疑忌恨，与周公当时的处境很相似，故引用周公这段史实陈古以讽今，抒写自己不被理解，忠而见疑的痛苦，并希望明帝也如成王一样能够感悟。此篇只叙史实，对自己所要表现的感情不作正面描写，显得含蓄蕴藉，韵味隽永。

此诗《北堂书钞》作魏文帝诗，《技录》和《乐府题解》作古辞。今从《艺文类聚》和《乐府诗集》。

为君既不易，为臣良独难。忠信事不显，乃有见疑患[①]。周旦佐文武[②]，金縢功不刊[③]。推心辅王室，二叔反流言[④]。待罪居东国[⑤]，泣涕常流连。皇灵大动变[⑥]，震雷风且寒。拔树偃秋稼[⑦]，天威不可干[⑧]。素服开金縢，感悟求其端[⑨]。公旦事既显，成王乃哀叹。吾欲竟此曲[⑩]，此曲悲且长。今日乐相乐，别后莫相忘。

① 见疑：被疑。 ② 周旦：指周公姬旦，文王之子，武王之弟。文武：指周文王、周武王。 ③ 金滕（téng）：金属封口的柜子。刊：削除，磨灭。武王生病时，周公曾作策书，祷祝于太王、王季、文王灵前，愿代武王死，事后把策书藏在柜子里，以金属缄封，不想让人打开。后来成王打开柜子见了策书，才明白周公的忠义（详见《尚书·金縢篇》）。这句是说周公的功绩不可磨灭。 ④ 二叔：指管叔、蔡叔。流言：流言蜚语。见《豫章行》注。 ⑤ 待罪：等候治罪。东国：东都洛阳。周公在流言起来的时候，到东都洛阳避居。 ⑥ 皇灵：指上帝。大动变：据《尚书》载，周公避居洛阳的第二年秋天，镐京暴风大作，雷电交加，把田禾刮倒了，把大树拔起来。 ⑦ 偃：倒伏。秋稼：禾。 ⑧ 干：触犯，抗拒。 ⑨ 端：原委。 ⑩ 竟：终。此句以下四句是乐府歌辞的常用套语。

翻译

做国君既不容易，

做臣下实在更难。

当忠信不被理解时，

就有被猜疑的祸患。

周公辅佐文王、武王，

“金縢”功绩不灭永传。

一片忠心辅助周王室，

管叔、蔡叔反大造谣言。
周公待罪避居洛阳地，
常常是老泪纵横长流不干。
天帝动怒降下大灾难，
雷鸣电闪卷地狂风猛又寒。
拔起了大树吹倒庄稼，
上天的威严不可触犯。
成王感悟身穿礼服开金縢，
寻求上天震怒降灾的根源。
周公忠信大白天下，
成王感动伤心悲叹。
我真想奏完这支乐曲，
可是这首乐曲又悲又长。
今日大家一起共欢乐，
希望别后不要把它遗忘。

平陵东

《平陵东》为乐府歌辞，属《相和歌·相和曲》。古辞相传为翟义门人所作。翟义为东郡太守，王莽篡汉，翟义起兵声讨，被杀，门人作此曲哀悼他。曹植此篇只用其题目，与本事无关。这也是一篇游仙诗，表现了曹植企羡长生的思想。

阊阖开[①]，天衢通[②]，被我羽衣乘飞龙[③]。乘飞龙，与仙期[④]，东上蓬莱采灵芝[⑤]。灵芝采之可服食，年若王父无终极[⑥]。

① 阊阖：见《五游》注。 ② 天衢：见《仙人篇》注。 ③ 羽衣：旧称道士或神仙穿的衣服为羽衣。 ④ 期：约会。 ⑤ 蓬莱：古传三神山之一，在渤海中。见《升天行》注。 ⑥ 王父：即东王父。扶桑有太帝宫，太真东王父所居。

翻译

天门大开，天路畅通，

我披上羽衣驾乘飞龙。

驾乘飞龙,与神相约,

东上蓬莱仙山采芝灵。

灵芝采来可以服食,

寿同东王父永寿长生。

苦思行

《苦思行》是曹植自创的乐府新题，《乐府诗集》收录于《杂曲歌辞》。此篇写求神仙而不可得，遇一隐士教他“忘言”，即对于世事缄默少言。曹植自黄初以来，处境艰险，无日不在忧谗畏讥之中，欲求神仙而又不可得，所以只好以守默为全身远害之方。此诗表面言神仙，实际是写自己避祸远害的苦心，反映了曹植在当时政治压迫下所产生的惧祸心情。

绿萝缘玉树[①]，　光耀粲相晖。
下有两真人[②]，　举翅翻高飞。
我心何踊跃，　思欲攀云追。
郁郁西岳巅[③]，　石室青葱与天连[④]。
中有耆年一隐士[⑤]，须发皆皓然[⑥]。
策杖从我游[⑦]，　教我要忘言[⑧]。

---

① 萝：即女萝，藤属植物。缘：攀缘，缠绕。玉树：传说中仙界的仙树。　② 真人：仙人。　③ 郁郁：草木茂盛的样子。西岳：华山。④ 石室：仙人居住的石洞。　⑤ 耆年：年六十为耆。　⑥ 皓然：白

的样子。 ⑦ 策杖：拄杖。 ⑧ 忘言：即《庄子》中得意忘言，保持缄默之意。

翻译

翠绿的女萝绕玉树，
光彩灿烂映照生辉。
树下有两位仙人，
展翅腾空翩翩高飞。
我的心是多么激动，
真想登上云彩去追随。
郁郁葱葱华山顶，
上有石室青青与天连。
中有隐士一老翁，
白须白发精神健。
拄杖与我同遨游，
教我沉默少开言。

远游篇

本篇被《乐府诗集》收录于《杂曲歌辞》。是模拟《楚辞·远游》而作的一首游仙诗。《远游》相传为屈原所作，说屈原志行芳洁，不容于世，困于谗佞，无所告诉，便想与神仙共游，翱翔四海，周行天地（见王逸《楚辞章句》）。曹植后半生为曹丕父子所忌，为灌均等人所谗，忠不见信，处境险恶，其身世遭遇，颇与屈原相似。这首诗就是借言游仙以抒写自己内心的愤世嫉俗的忧愤之情。诗中“昆仑本吾宅，中州非我家”“齐年与天地，万乘安足多”之句，充分表现了作者对现实的不满和蔑视。

远游临四海，俯仰观洪波。大鱼若曲陵[①]，承浪相经过。灵鳌戴方丈[②]，神岳俨嵯峨[③]。仙人翔其隅[④]，玉女戏其阿[⑤]。琼蕊可疗饥[⑥]，仰首吸朝霞。昆仑本吾宅[⑦]，中州非我家[⑧]。将归谒东父[⑨]，一举超流沙[⑩]，鼓翼舞时风[⑪]，长啸激清歌[⑫]。金石固易弊[⑬]，日月同光华。齐年与天地，万乘安足多[⑭]！

① 曲陵：山丘，此言鱼的脊背高低如山丘。 ② 灵鳌：神鳌，传说中海里的大龟。方丈：传说中海上三神山之一，在渤海中。据《列子》载，渤海中有五神山，名岱舆、员峤、方壶、瀛洲、蓬莱。五山不相连属，飘浮海上，天帝命十五只大龟轮流背负五山。龙伯国人钓去六龟，致使岱舆、员峤两山沉入海底，只剩三山。曹植当用此神话，方丈即五山中的方壶。 ③ 神岳：指上文的方丈。俨：庄严。嵯峨：高峻的样子。 ④ 隅（yú）：山弯。 ⑤ 玉女：神话中的太华山神女。阿：山坳。 ⑥ 琼：美玉。疗饥：充饥。传说仙人以玉屑为食。 ⑦ 昆仑：神话中的山名，为神仙所居。 ⑧ 中州：今河南省一带，处九州之中，故称中州。这里指中国。 ⑨ 谒：拜见。东父：即东王公。见《平陵东》注。 ⑩ 超：超越。流沙：沙漠，在边远的西方。 ⑪ 时风：和风。 ⑫ 长啸：见《美女篇》注。 ⑬ 弊：毁坏。 ⑭ 多：赞许的意思。

翻译

远游到九州外的四海，

俯观仰视一片巨涛大波。

大鱼像起伏的山丘，

驾着海浪往来穿梭。

神鳌背负着方丈仙山，

方丈仙山高耸巍峨。

仙人遨游在山弯，
神女嬉戏在山窝。
琼花玉蕊可以充饥，
抬头把朝霞吸啜。
昆仑神山本是我的住处，
中国不是我的家园居所。
我要归去拜见东王公，
一下就飞越西北沙漠。
扇动翅膀在和风中起舞，
一声长啸放声高歌。
金石虽坚却易破碎，
光华常新只有日月。
寿命与天地一样长久，
万乘国君不值得夸说！

吁嗟篇

《三国志·魏志·陈思王植传》裴松之注引本篇作《瑟调曲》。《乐府题解》说是拟《苦寒行》为《吁嗟》,《乐府诗集》据此把它列入《相和歌·清调曲》。曹丕称帝以后,曹植封地屡次迁徙,“十一年而三徙都”,流离播迁,生活很不安定。本篇以“转蓬”自喻,抒写了自己四处漂泊、流宕不定的辛苦生活和骨肉分离的悲哀。裴松之注说本篇作于太和三年(239 年)曹植徙封东阿王之后。可信。

吁嗟此转蓬①,居世何独然②。长去本根逝③,宿夜无休闲④。东西经七陌,南北越九阡。卒遇回风起⑤,吹我入云间。自谓终天路⑥,忽然下沉泉⑦。惊飙接我出⑧,故归彼中田。当南而更北,谓东而反西。宕宕当何依⑨?忽亡而复存。飘飖周八泽⑩,连翩历五山⑪。流转无恒处,谁知吾苦艰!愿为中林草⑫,秋随野火燔⑬。糜灭岂不痛?愿与株荄连⑭。

① 吁嗟：忧叹之词。转蓬：飞转的蓬草。参见曹操《却东西门行》注。② 居世：犹言处世，活在世上。然：如此。 ③ 长去：永远离开。④ 宿夜：从早到晚。宿，同“夙”，早。 ⑤ 卒：同“猝”，突然。回风：旋风。 ⑥ 自谓：自以为。终天路：天尽头。天路：见《杂诗》注。⑦ 泉：原为“渊”，唐人避唐高祖李渊讳改。 ⑧ 飙（biāo）：从下而上的暴风。出：指从深渊中出来。 ⑨ 宕宕：同“荡荡”，流荡无定止的样子。 ⑩ 飘飖：飘飞不定的样子。周：遍。八泽：鲁有大野、晋有大陆、秦有杨纡、宋有孟诸、楚有云梦、吴越之间有具区、齐有海隅、郑有圃田，是为古代八大泽（见《汉书·严助传》注）。这里泛指江湖沼泽，极言漂泊地区的广远。 ⑪ 连翩：飘飞不停的样子。五山：即五岳。见《仙人篇》注。 ⑫ 中林：林中。 ⑬ 燔（fán）：见曹操《度关山》注。 ⑭ 糜：烂。荄（gāi）：草根。

翻译

唉，可叹这飞转的蓬草，
世上偏偏你这样可怜。
远远离开了自己的根，
从早到晚漂泊不停闲。
由东到西经过多少路，
由南到北飞越无数田。
突然遇见旋风卷地起，

把我吹向高高的云天。
自认会被吹到天尽头，
谁知忽然又沉落深渊。
暴风把我从深渊接出，
仍旧回到了莽莽田间。
应该向南却转向北去，
说是向东反吹到西边。
飘飘荡荡依附在哪里？
忽然消失一会又出现。
飘飘摇摇飞遍八大泽，
翩翩飞舞越过五大山。
流荡迁移无固定地方，
谁知我的苦辛和艰难。
我情愿做棵林中的草，
秋天随着野火化尘烟。
化烟成灰难道不痛苦？
但我愿同根永远相连。

鰕䱇篇

《鰕䱇篇》是曹植自创的乐府新题。《乐府解题》说："曹植拟《长歌行》为《鰕䱇》。"《乐府诗集》据此把它录入《相和歌·平调曲》。诗人在诗中以鸿鹄自比，以鰕䱇、燕雀喻世俗之士，抒写了自己拯世济物的远大理想和抱负，对世俗之士只知斤斤计较个人得失，而根本不理解壮士的壮志进行了辛辣讽刺和揭露。全诗感情强烈，语言犀利，强烈地表达了对朝中世俗庸人的鄙视。此诗当是作者后期作品，大约写于两上《求自试表》之后。曹植在《求自试表》中就曾估计到："是以敢冒其丑而献其忠，必知为朝士所笑。"这首诗很可能就是回击嘲笑的。

鰕䱇游潢潦①，不知江海流。
燕雀戏藩柴②，安知鸿鹄游③。
世士此诚明④，大德固无俦⑤。
驾言登五岳⑥，然后小陵丘。
俯观上路人⑦，势利惟是谋。
高念翼皇家⑧，远怀柔九州⑨。
抚剑而雷音，猛气纵横浮。

泛泊徒嗷嗷[10]，谁知壮士忧！

---

①鰕：通"虾"。䱇（shàn）：即鳝，指黄鳝。潢（huáng）：小水坑。潦（lǎo）：雨后路上的积水。 ②藩柴：篱笆。 ③鸿鹄：天鹅。 ④世士：指明识达理的人。此诚明：即"诚明此"，此指上面所说的道理。 ⑤俦：伴侣。无俦：无比。 ⑥驾：驾车。言：语助词。五岳：见《仙人篇》注。 ⑦上路人：走在路上的人，这里指奔波钻营于仕途上的人。 ⑧翼：辅助。皇家：指魏国。 ⑨柔：安定，安抚。九州：见《仙人篇》注。 ⑩泛：飘浮在水面上。泊：停泊。泛泊：这里用来指世上随俗浮沉，没有理想的世俗庸人。徒：空，白白地。嗷嗷：喧哗吼叫。

翻译

小虾、黄鳝游在浅水小沟，
不知大江、大海浩瀚奔流。
燕雀在篱笆间翻飞嬉戏，
怎知鸿鹄在天地间遨游。
志士真能明白这些道理，
自然道德高无人比俦。
驾车登上高高的五岳，
就会以山丘为矮小。

俯视那奔走在仕途上的人，
他们只知把个人势利谋求。
崇高的信念是辅佐皇家，
远大的志向是安定九州。
手把宝剑威风如雷震天下，
豪气凌云纵横洋溢充宇宙。
随世浮沉之人只知嗷嗷叫，
有谁知道壮士一心为国忧！

种葛篇

《种葛篇》是曹植自创的乐府新题，《乐府诗集》把它收录于《杂曲歌辞》。此篇借弃妇暗托自己被弃置不用的感慨。曹植屡向曹丕父子表明心迹，希望建功立业，报效国家，但始终得不到他们的理解，故感痛而成篇，借夫之弃妇喻君之弃臣。全诗缠绵悱恻，情辞委婉，充满着哀怨痛苦之情。但诗中也流露出委曲求全的思想，把不幸归之于天命。

种葛南山下①，葛藟自成阴②。与君初婚时，结发恩意深，欢爱在枕席，宿昔同衣衾③。窃慕《棠棣》篇④，好乐如瑟琴。行年将晚暮⑤，佳人怀异心⑥。恩纪旷不接⑦，我情遂抑沉⑧。出门当何顾？徘徊步北林。下有交颈兽⑨，仰见双栖禽。攀枝长叹息，泪下沾罗衿⑩。良马知我悲，延颈对我吟⑪。昔为同池鱼，今为商与参⑫。往古皆欢遇⑬，我独困于今。弃置委天命⑭，悠悠安可任⑮！

---

① 葛：豆科，多年生蔓草，缠附乔木而生，表皮纤维可织布。 ② 藟

(lěi)：一种似葛的蔓草，唯茎较粗。葛、藟相近，故往往连称。③ 宿昔：即夙夕，早晚。衾：被。 ④《棠棣》：也作《常棣》，《诗经·小雅》篇名。诗中以棠棣比兄弟，是一首咏兄弟之情的诗。其中有"妻子好合，如鼓瑟琴"之句，言两情融洽就像琴音般和谐。曹植引用此诗，主要是取这两句的意思，但也可能寓含兄弟之意。 ⑤ 行年：历年，指年岁。 ⑥ 佳人：指丈夫。异心：他心，指另有新欢。⑦ 恩纪：恩绪，恩爱的感情。旷：疏旷，久。 ⑧ 抑沉：抑郁低沉。⑨ 交颈：见《失题》注。 ⑩ 衿：同"襟"，衣襟。 ⑪ 延颈：伸长脖子。 ⑫ 参、商：二星名。参星在东，商星在西，两星此出彼没，永不相见。商星也叫辰星。 ⑬ 往古：从前。 ⑭ 委：归。 ⑮ 悠悠：忧思不绝的样子。任：承担。

翻译

葛儿种在南山下，

藤儿长得茂盛成荫。

与你刚结婚的时候，

夫妻恩爱情意深。

欢欢爱爱在枕席间，

早晚同衣共被形影不分。

心中羡慕《棠棣》诗篇，

两情合好像和谐的琴音。

现在年岁一天天衰老，

丈夫却有了他心。
恩爱之情久已断绝，
我的心情抑郁低沉。
走出房门有什么可看?
独自徘徊漫步在北林。
林下见有耳鬓厮磨的野兽，
抬头又见双宿双栖的飞禽。
手拉着树枝长声叹息，
泪有涟涟沾湿了衣襟。
骏马知道我的悲伤，
仰首伸颈对我嘶鸣。
从前你我好似一个池里的鱼，
现在却是永不相见的商与参。
从前夫妇无不欢乐在一起，
现在我独被弃孤单成一人。
丢开这些烦恼听天由命吧，
绵绵的愁思我怎能够担承!

浮萍篇

此篇以首二字名篇，属乐府《相和歌·清调曲》。《乐府诗集》题作《蒲生行浮萍篇》，列于《塘上行》之后。黄节认为此篇与“蒲生”无关，不当冠以“蒲生行”三字。本篇与《种葛篇》命意相同，是借弃妇之语以寄托自己的不幸政治遭遇，并希望恢复旧恩。前人或以为是和甄后之作，不足凭信。

浮萍寄清水，随风东西流。结发辞严亲[①]，来为君子仇[②]。恪勤在朝夕[③]，无端获罪尤[④]。在昔蒙恩惠，和乐如瑟琴[⑤]。何意今摧颓[⑥]，旷若商与参[⑦]。茱萸自有芳[⑧]，不若桂与兰；新人虽可爱，不若故所欢[⑨]。行云有反期[⑩]，君恩倘中还[⑪]？慊慊仰天叹[⑫]，愁心将何诉？日月不恒处，人生忽若寓。悲风来入帷，泪下如垂露。发箧造新衣[⑬]，裁缝纨与素[⑭]。

---

① 结发：古代男子二十岁加冠，女子十五岁用笄，表示已成年。加

冠、用笄都要束发，故称结发。严亲：父母。 ② 仇：配偶。 ③ 恪(kè)：恭敬谨慎。 ④ 无端：无缘无故。尤：过失。 ⑤ 和乐：和睦欢乐。 ⑥ 摧颓：犹言蹉跎，失时。 ⑦ 商、参：见《种葛篇》注。 ⑧ 茱萸：植物名，有香味，古人常以茱萸比喻小人。 ⑨ 所欢：所爱。 ⑩ 反：同“返”。 ⑪ 倘：或许，表希冀之词。 ⑫ 慊慊：见曹丕《燕歌行》注。 ⑬ 发箧：打开箱柜。 ⑭ 纨：细绢。素：白绢。这里纨与素泛指精细的丝绢。

翻译

浮萍漂在清清的水面，
随风东西到处漂流。
年纪轻轻就辞别了父母，
来作你的妻子结成鸾俦。
从早到晚我恭谨勤劳，
却无缘无故得到罪尤。
从前曾蒙受你的恩爱，
两情和谐如琴瑟合奏。
怎料今日恩爱全失去，
疏如参商各在天一头。
茱萸自然也有香味，
总不如冷桂馨香醇厚；
新人虽也招人喜爱，

总不如故人情深温柔。
飘逝的白云有返回的时候，
你的恩爱能否恢复如旧？
满怀怨情对天长叹，
我将向谁诉说心中忧愁？
太阳月亮不停地升起落下，
人生在世就好像暂时停留。
悲风阵阵吹入我的帷帐，
眼泪就像露水滴个不休。
打开衣箱缝制新衣吧，
剪裁那轻细的丝罗绢绸。

当来日大难

此篇是拟古辞《善哉行》之作，其乐调属《相和歌·瑟调曲》。乐府古辞《善哉行》首句："来日大难。"曹植取以名篇，并袭用其乐调。"当"是"代"的意思，是说以此篇代替《来日大难》篇。此诗写留友饮宴行乐，作者感慨出门异乡，别易会难，故劝友开怀畅饮，各尽其欢。陈沆说此篇与作者的《赠白马王彪》诗旨相近，是伤于骨肉分离，手足胡、越之作。

日苦短，乐有余，乃置玉樽办东厨[①]。广情故[②]，心相于[③]，阖门置酒[④]，和乐欣欣[⑤]。游马后来[⑥]，辕车解轮[⑦]。今日同堂，出门异乡。别易会难，各尽杯觞。

---

① 玉樽：酒器。办：具备，置办。东厨：古人设厨房于住宅东面，故称厨房为东厨。 ② 广：同"旷"，开阔。情故：犹情愫，感情。 ③ 相于：相亲近。于：厚。 ④ 阖：关门。 ⑤ 欣欣：欢乐的样子。 ⑥ 游马：疑谓将马牵出去散游。后：迟。 ⑦ 辕车解轮：据《后汉书·陈遵传》载，陈遵好客，每当宴会，就把客人的车轮的键销丢到

井中，以免客人早早离席而去。此句用其意说主人殷勤留客的诚意。

翻译

人生时日太短暂，
无穷欢乐享不完，
还是让东厨把酒席备办。
畅叙心曲增深情谊，
心心相印亲密无间。
关上门，摆酒宴，
喜气洋洋宾主共乐同欢。
把马牵出散游晚些回，
把车轮卸下抛在一边。
今日相聚在一堂，
出门各奔他乡地北天南。
别离容易相会难，
劝诸君开怀畅饮把酒干。

野田黄雀行

本篇是乐府歌辞,《乐府诗集》收录在《相和歌·瑟调曲》,又说汉《鼓吹铙歌》也有《黄雀行》曲。诗通过黄雀不幸触网,终被少年救出的比喻,抒写朋友遇难而自己无力救援的悲愤心情。“少年”以下几句是作者对有权力的人能够救援难友的希望。据《三国志·魏志》载,曹丕即位后,为剪除曹植羽翼,削弱他的势力,就治曹植好友丁仪的罪,要他自杀,丁仪向中领军夏侯尚求救,夏侯尚悲其不幸,但不能救,终被曹丕借故杀害。这首诗很可能就是因为丁仪被囚,希望有权力者为之营救而作。诗中多用比兴,以“风波”喻险恶,以“利剑”喻救难之权,以“雀”喻被难的朋友,“少年”是设想的有能力未援救的人。

高树多悲风,　海水扬其波①。
利剑不在掌②,　结友何须多?
不见篱间雀③,　见鹞自投罗④。
罗家得雀喜⑤,　少年见雀悲。
拔剑捎罗网⑥,　黄雀得飞飞⑦。

飞飞摩苍天⑧，来下谢少年。

---

① 风、波：喻环境的险恶。 ② 利剑：喻权力。 ③ 雀：喻被难之人。 ④ 鹞（yào）：鹰类，体较鹰小，俗称鹞鹰。罗：网。 ⑤ 罗家：设网捕雀的人。 ⑥ 捎：削，斩断。 ⑦ 飞飞：极言雀飞轻快的样子。 ⑧ 摩：迫近。

翻译

树木高大常招来大风，
海水辽阔定会波涛汹涌。
锋利的宝剑不握在手里，
何必去结交众多的朋友？
岂不见篱笆间黄雀，
见了鹞子便自投网中。
设网人得雀很是喜欢，
少年见雀落网心生悲痛。
拔出宝剑砍破罗网，
黄雀又轻快地飞上碧空。
它高高飞翔在蓝天上，
又飞下来感谢救它的少年。

七　哀

《七哀》是乐府题目,《乐府诗集》把它列入《相和歌·楚调曲》,题为《怨诗行》。本篇描写思妇在月夜怀念远游在外、久不归家丈夫的哀怨,是一首“闺怨诗”。但也有人认为其中寄寓着作者的身世之感,说诗里的浮沉异势是指曹丕和自己的截然不同的处境,孤妾是曹植自喻。全诗是借思妇之语来申述己意,欲使曹丕追念骨肉之情,兄弟得以相亲。诗贵寄意,联系曹植的后期生活经历,作这样的理解不无道理。诗通篇情辞委婉深挚,缠绵悱恻,恳切动人。

明月照高楼，　流光正徘徊①。
上有愁思妇，　悲叹有余哀。
借问叹者谁？　言是宕子妻②。
君行逾十年③，孤妾常独栖。
君若清路尘，　妾若浊水泥④。
浮沉各异势⑤，会合何时谐⑥？
愿为西南风，　长逝入君怀⑦。
君怀良不开⑧，贱妾当何依？

① 流光：月光如水般地流动。 ② 宕子：游子。宕，同“荡”。 ③ 逾：超过。 ④ 清路尘、浊水泥：尘、泥本为一物，浮在路上为清尘，沉在水里就成浊泥了。这里喻夫妻（或兄弟骨肉）本为一体，只因地位不同，而造成命运的不同。 ⑤ 异势：地位情势不同。 ⑥ 谐：和。 ⑦ 逝：往。 ⑧ 良：确实。

翻译

皎洁的明月照上高楼，
月光如水在夜空流动徘徊。
楼上有个满怀愁思的少妇，
声声叹息有诉不尽的悲哀。
请问悲声叹息的是哪一位？
说是游子抛在家中的娇妻。
你远游在外已超过十年，
抛下我一个人独宿孤栖。
你像路上飘起的清尘，
我如沉在水底的浊泥。
一浮一沉情势不同，
何时才能相会和好似胶漆？
我愿化作西南清风，

永远吹入你的怀抱里。

你的襟怀真不为我打开，

我将把谁来靠来依？

门有万里客行

《门有万里客行》是曹植从乐府古题《门有车马客行》中自创的新题，属乐府《相和歌·瑟调曲》。此篇抒写万里客由北到南、由东到西奔波飘荡之苦。全诗只简单地写了作者与万里客之间的对话场面，不加一语评论，但说者之苦，听者之悲毕现。汉魏之际战乱频仍，社会动荡，人民背井离乡，奔走道路，是当时社会的普遍现象。作者借万里客之口，倾诉了当时人民的苦难。

门有万里客，　问君何乡人①？
褰裳起从之②，　果得心所亲③。
挽裳对我泣，　太息前自陈④：
本是朔方士，　今为吴越民⑤。
行行将复行⑥，　去去适西秦⑦。

---

① 君：指万里客。　② 褰（qiān）裳：提起衣裙。　③ 亲：爱。　④ 太息：长叹。陈：陈述，述说。　⑤ 吴越：指江浙一带，这里泛指南方。　⑥ 行行：走了又走。　⑦ 去去：两个“去”字连用，这里有强调旅途遥远艰辛的意思。适：往。西秦：指今陕西、甘肃一带。

翻译

门前有个远方的来客，
请问你是什么地方人？
我提起衣裳走向前去，
果然得到个亲近的知心。
他拉住我的衣裳对我哭泣，
一边叹息一边向前自诉苦因：
我本是北方的读书人，
现在成了南方的平民。
走了又走还要走啊，
还要到遥远的西秦。

桂之树行

《桂之树行》是曹植自创的乐府新题，无古辞，《乐府诗集》把它收录于《杂曲歌辞》。这是一首杂言体诗，诗中描绘了一个鸾凤螭龙聚首，红花翠叶流芳的仙境，借仙人讲仙传道，描画出成仙得道的乐趣。属于《游仙诗》一类。汉魏以来，神仙之说盛行，在统治阶级追求得道升仙，服食长生形成一种风气，这首诗就反映了这种风气。

桂之树，桂之树，桂生一何丽佳①！ 扬朱华而翠叶②，流芳布天涯③。 上有栖鸾④，下有蟠螭⑤。桂之树，得道之真人⑥，咸来会讲仙，教尔服食日精⑦。 要道甚省不烦⑧，淡泊、无为、自然⑨。 乘跻万里之外⑩，去留随意所欲存⑪。 高高上际于众外⑫，下下乃穷极地天。

---

① 丽佳：美丽高大。 ② 扬：举，披。 ③ 流芳：飘香。天涯：天边。 ④ 鸾：凤凰之类的鸟。 ⑤ 蟠：盘曲。螭（chī）：古代传说中没有角的龙。 ⑥ 真人：仙人。 ⑦ 日精：朝霞。方士谓日是霞之实，霞

是日之精。 ⑧ 要道：至道，指成仙长生的方法。 ⑨ 淡泊：恬静寡欲。无为：不求有所作为。自然：顺应自然。 ⑩ 乘蹻：见《升天行》注。 ⑪ 存：想。 ⑫ 众外：指高空，天高居于众物之外。

翻译

桂树啊，桂树，
桂树长得多么高大美丽！
树满红花，绿叶披扶，
桂花飘香，遍播天际。
上有鸾鸟栖息，
下有蛟龙盘曲。
桂树啊，得道的仙人都来这里聚集，
讲论仙道，教你把日霞服食。
成仙要诀简明扼要：
淡泊、无为、自然三大精义。
学得飞行之术，
可以遨游万里之外，
想去想留随心所欲。
要高，可以高出万物之外，
要下，可以遍游天地。

当墙欲高行

此篇是曹植拟乐府古题，古辞不存，《乐府诗集》录此篇于《杂曲歌辞》。文帝死后，天下谣言讻讻，盛传群臣要迎立曹植，曹植心生恐惧。曹植此篇当是针对当时这一政治谣言而作的申辩，诗中对小人播弄是非、谗言离间表示怨愤。写作时间约在太和二年(228年)明帝到长安后。

龙欲升天须浮云，人之仕进待中人①。众口可以铄金②，谗言三至，慈母不亲③。愦愦俗间④，不辨伪真。愿欲披心自说陈⑤，君门以九重⑥，道远河无津⑦。

---

① 中人：介绍人，这里指君主左右贵幸的人。 ② 众口铄金：古代成语，意思是说众口一词，金子虽坚也会销熔，形容谣言可以毁人。③“谗言”二句：引述曾参的故事。孔子的弟子曾参在费邑居住时，有一个与曾参同名的人杀了人，有人就告诉曾参的母亲说：“曾参杀了人。”曾参的母亲相信自己的儿子不会杀人，照旧织布。一会儿又有人来告诉说：“曾参杀了人。”她仍旧不信，还是照样安静地织布。

但过了一会儿，第三个人来说时，她害怕了，于是就丢下机杼跳墙逃跑了（见《战国策·秦策》）。 ④ 愦愦：昏乱的样子。俗间：即世间。⑤ 披心：把真心显露出来。 ⑥ 君门九重：形容国君深居难见。⑦ 津：渡口。

翻译

龙想升天，必须借助浮云；
人要做官，要靠君主贵幸的人。
众口一词可以把黄金销熔，
接连三次听到谗言，
慈母也不再与你相亲。
昏乱的世间，
不能把真伪辨认。
我愿敞开胸怀，
向君王倾诉真心。
怎奈君门重重幽深难进，
道路遥远，河流无津。

当欲游南山行

此篇被《乐府诗集》收录于《杂曲歌辞》。这是一首议论朝廷用人的诗，指出朝廷用人应广开门路，不拒庶众。因为人各有所长，各有所用，作为统治者就应该兼收并蓄，量材任使，不能偏废，只有这样才能成其大业。

东海广且深，　由卑下百川①。
五岳虽高大②，不逆垢与尘③。
良木不十围④，洪条无所因⑤。
长者能博爱，　天下寄其身。
大匠无弃材⑥，船车用不均⑦。
锥刀各异能，　何所独却前⑧。
嘉善而矜愚⑨，大圣亦同然。
仁者各寿考，　四座咸万年⑩！

① 下：流入，容纳。　② 五岳：见《仙人篇》注。　③ 逆：拒。垢：滓，微尘。　④ 围：两只手合围起来的长度。　⑤ 条：枝。因：依。⑥ 大匠：巧匠。　⑦ 不均：不同。　⑧ 却前：退进。　⑨ 嘉：赞美。

矜(jīn):怜悯。 ⑩"仁者"二句:是祝颂之辞,是乐府的常例。

翻译

东海又广又深,

因为低洼,百河才向它流奔。

五岳虽然又高又大,

却从不拒绝细渣微尘。

好树如果没有十围粗细,

粗大的枝干就无所托身。

德高望重的人如能博爱,

天下人就会来这里生存。

能匠手里没有废料,

船和车的用途不相同。

锥子和剪刀各有功能,

怎能硬分好坏和远近。

赞美好的同情笨的,

贤圣也是这样待人。

敬祝仁德的长者长寿,

敬祝在座诸位永葆青春!

盘石篇

此篇被《乐府诗集》收录于《杂曲歌辞》，也是曹植自创的乐府新题。诗写乘舟泛海，经危历险，怀想故国。盘石，据《汉书·文帝纪》载，高祖刘邦封子弟为王，“犬牙相制，所谓盘石之宗也”。曹植为魏武帝之子，自觉也是稳定社稷的“盘石之宗”，但不得留都宿卫，远封雍丘，非其所愿，故借泛海履险来自伤废置。此诗当写于作者远封雍丘时。

盘盘山巅石[1]，飘飖涧底蓬。我本泰山人[2]，何为客淮东[3]？蒹葭弥斥土[4]，林木无芬重[5]。岸岩若崩缺，湖水何汹汹。蚌蛤被滨涯[6]，光采如锦虹。高波凌云霄，浮气象螭龙[7]。鲸脊若丘陵，须若山上松。呼吸吞船欐[8]，澎濞戏中鸿[9]。方舟寻高价[10]，珍宝丽以通[11]。一举必千里，乘飔举帆幢[12]。经危履险阻，未知命所钟[13]。常恐沉黄垆[14]，下与鼋鳖同[15]。南极苍梧野[16]，游盼穷九江[17]，中夜指参辰[18]，欲师当定从。仰天长叹息，思想怀故邦。乘桴何所志[19]，吁嗟我孔公[20]。

① 盘盘：巨大的样子。 ② 泰山人：曹植生于东武阳，后封平原，改封临淄，再迁封鄄城，皆在山东境，故自谓泰山人。 ③ 淮东：指雍丘。 ④ 蒹葭（jiān jiā）：芦荻。弥：满。斥土：盐碱地。 ⑤ 芬：同“纷”，众多茂盛。 ⑥ 蚌蛤（bàng gé）：海中带壳的软体动物。被：遮蔽的意思。 ⑦ 螭：见《桂之树行》注。 ⑧ 櫔（lì）：小船。 ⑨ 澎濞：即澎湃。 ⑩ 方舟：见曹丕《清河作》注。高价：指奇异的珍宝。 ⑪ 丽：附着。通：流通。 ⑫ 飔（sī）：凉风。幢：桅杆。 ⑬ 钟：聚。 ⑭ 黄垆：即黄土。沉黄垆，意谓死亡。 ⑮ 鼋鳖：甲鱼。 ⑯ 极：至。苍梧：地名，在湖南九嶷山附近。 ⑰ 游盼：放眼眺望。九江：疑指九嶷山的九条溪水。 ⑱ 参辰：即参、商二星。见《种葛篇》注。 ⑲ 桴（fú）：木筏。 ⑳ 孔公：指孔子。

翻译

山顶有巨大的岩石，

涧底飘荡着飞蓬。

我本来是泰山人，

为什么客居在淮东？

盐碱地上是一片芦荻，

树木稀稀疏疏不茂不盛。

岩岸像似崩塌残缺，

河水入海浪涛汹涌。
水蚌海蛤遍布海边，
光彩闪耀似锦如虹。
高高的波浪直冲云霄，
蒸腾的水汽似海上蛟龙。
鲸鱼的脊背像一座小山，
长须就像山上的苍松。
它一呼一吸可以吞没舟船，
它翻波鼓浪戏击海上飞鸿。
大舟小船捕捞着珍贵水产，
奇珍异宝靠着它到处流通。
一出海就是千里远，
张起船帆破浪乘风。
经危难，历险阻，
真是命运未卜难料死生。
常常害怕一命归黄泉，
沉入海底与鱼鳖相共。
向南直到苍梧之野，
纵目遍观九江蜿蜒流行。
深夜指看参、辰两颗星，
要靠它指示方向定航程。
抬头对着苍天长长叹息，

思来想去故国萦绕心中。
乘桴浮海追求的是什么?
唉,孔夫子啊,我的先圣。

驱车篇

此篇取首二字名篇,《乐府诗集》把它收录于《杂曲歌辞》。诗中讽劝君王要遵古封禅,修德敬天,以求长生。曹植并不笃信天命和神仙之说,他说过"苦辛何虑思?天命信可疑。虚无求列仙,松子久吾欺"的话,但是他并没有完全摆脱当时举国若狂的迷信思潮的影响,心中还时时泛起神仙之念、长生之想。这在他的《游仙诗》中有所表现,而这首诗表现得则更为突出。对封禅之事看得那么重,对黄帝飞升长生赞不绝口,此时此刻的曹植,确是"仙趣"颇浓,真实地反映了他思想的另一面。

驱车挥驽马[1],东到奉高城[2]。神哉彼泰山,五岳显其名。隆高贯云霓[3],嵯峨出太清[4]。周流二六候[5],间置十二亭[6]。上下涌醴泉[7],玉石扬华英。东北望吴野,西眺观日精[8]。魂神所系属[9],逝者感斯征[10]。王者以归天[11],效厥元功成[12]。历代无不遵,礼祀有品程[13]。探策或长短[14],唯德享利贞[15]。封者七十帝,轩皇元独灵[16]。餐霞漱沆瀣[17],毛羽被身形[18]。发举蹈虚

廓[19]，径庭升窈冥[20]。同寿东父年[21]，旷代永长生[22]。

---

① 驽马：劣马。 ② 奉高城：地名，即奉高县，在今山东泰安市东北。 ③ 隆：大。贯：贯通，连。霓：虹的一种。 ④ 嵯峨：见《远游篇》注。太清：天空。 ⑤ 周流：此犹言周匝、周围。二六：十二。候：望楼。 ⑥ 亭：古代每十里一长亭。上二句言泰山之高，此二句写泰山之大。 ⑦ 醴泉：指水泉。 ⑧ 日精：见《桂之树行》注。这里指朝日。 ⑨ 魂神：魂魄。此句是说人死后魂魄归于泰山。 ⑩ 逝者：指死者。征：行。 ⑪ 归天：归功天地。 ⑫ 效：致。元功：大功。 ⑬ 品程：指礼仪规定。 ⑭ 探：取。策：古传泰山有金箧玉策，能知人的寿命长短。汉武帝探策得十八，因倒读为八十，后果得寿八十（见《风俗通》）。探策：类似后来庙中抽签。 ⑮ 利：有利。贞：占卜。 ⑯ 轩皇：指轩辕黄帝。灵：神。 ⑰ 沆瀣：见《五游》注。 ⑱ 毛羽：神仙家说得道成仙者腹臂生毛羽。 ⑲ 发举：飞升的意思。蹈：履。虚廓：空虚阔广，指高空。 ⑳ 径庭：直往不顾的样子。窈冥：深远的样子。 ㉑ 东父：即东王公。见《平陵东》注。 ㉒ 旷：远。旷代：当代无人可比的意思。

翻译

挥鞭赶马驾车急行，

向东来到奉高城。

神奇壮观啊，泰山，
五岳之中它最著名。
巍峨高大连云接彩虹，
峭拔险峻贯穿天空。
周围广建望楼十二座，
望楼间设十二座长亭。
山上山下涌流着甘甜泉水，
玉石光彩闪耀灿烂晶莹。
登上东北峰眺望吴地原野，
伫立西峰观看朝日东升。
死的魂灵都归泰山管辖，
死者登上此路感触顿生。
帝王把功劳归于天，
在这里把成功上达神明。
历代帝王无不遵守封禅事，
封禅的祀礼规定分明。
抽签问寿有长有短，
有德人才能占出好卦经。
自古有七十帝王封泰山，
独有轩辕黄帝成仙飞升。
他吸朝霞啜饮甘露，
两只羽翅在身上生。

腾身飞升踏进天空，
径直向天空深处飞行。
他与东王公一样长寿，
历世不老永久长生。

精微篇

曹植有《鼙舞歌》五篇，这是其中的一篇。《鼙舞歌》属《舞曲歌辞》。旧曲作于汉章帝时代，到汉灵帝时已多谬误，曹植便“依前曲改作新歌五篇”（曹植《鼙舞歌序》），以代旧辞，其中《精微篇》代《关中有贤女篇》。诗中列叙古代负屈含冤，由于至诚终被昭雪的传说故事，说明精诚可以感天动人。这里隐含着作者对曹丕的幻想，希望曹丕能谅解自己。这首诗的写作年代，篇中已说明，是在黄初年间。

精微烂金石[①]，至心动神明[②]。杞妻哭死夫，梁山为之倾[③]。子丹西质秦，乌白马角生[④]。邹衍囚燕市，繁霜为夏零[⑤]。关东有贤女[⑥]，自字苏来卿[⑦]。壮年报父仇，身没垂功名。女休逢赦书[⑧]，白刃几在颈。俱上列仙籍[⑨]，去死独就生[⑩]。太仓令有罪[⑪]，远征当就拘[⑫]。自悲居无男，祸至无与俱。缇萦痛父言，荷担西上书[⑬]。盘桓北阙下[⑭]，泣泪何涟如[⑮]。乞得并姊弟[⑯]，没身赎父躯[⑰]。汉文感其义，肉刑法用除[⑱]。其父

得以免，辩义在列图[19]。多男亦何为，一女足成居[20]。简子南渡河[21]，津吏废舟船[22]。执法将加刑，女娟拥棹前[23]。妾父闻君来，将涉不测渊。畏惧风波起，祷祝祭名川。备礼飨神祇[24]，为君求福先。不胜釂祀诚[25]，至令犯罚艰。君必欲加诛，乞使知罪愆[26]。妾愿以身代，至诚感苍天。国君高其义，其父用赦原。《河激》奏中流[27]，简子知其贤。归聘为夫人，荣宠超后先[28]。辩女解父命[29]，何况健少年。黄初发和气[30]，明堂德教施[31]。治道致太平，礼乐风俗移。刑措民无枉[32]，怨女复何为[33]。圣皇长寿考，景福常来仪[34]。

---

① 精微：精诚至深。 ② 至心：善心。至，犹善。动：感动。 ③“杞妻”二句：春秋时齐国杞梁殖在莒城战死，他的妻子在城下哭了十天，城墙为之崩塌（见刘向《列女传》）。“梁山倾”本事不详。 ④ 子丹：战国时燕国太子丹。质：人质。据《燕丹子》故事，燕太子丹在秦国做人质，秦王不以礼待他，他希望回国。秦王说，除非乌鸦白了头，马长出角才放你回去。太子丹对天长叹，感动了天帝，竟使乌鸦白了头，马生出了角。秦王不得已，只好放太子丹归国。 ⑤“邹衍”二句：战国时邹衍由齐入燕，后事燕惠王，竭诚尽忠，但为人所谗陷，被惠王拘捕下狱。邹衍对天而哭，天为之感动，五月天为之降霜

(见《淮南子》)。零:落。 ⑥ 关东:函谷关以东,指今河南、山东部分地区。 ⑦ 自字:犹自名。苏来卿:旧曲辞《关东有贤女篇》所咏的人物。旧辞不存,其事不详。 ⑧ 女休:秦地女子,名休。据左延年《秦女休行》诗,她为宗族报仇,在洛阳市上刺杀仇家,被判决死刑,在临刑时遇赦。 ⑨ 列仙籍:死囚名册的委婉说法。 ⑩ 去死:指苏来卿就刑。就生:指女休遇赦得生。 ⑪ 太仓令:管理国家太仓粮库的官。 ⑫ 征:召。就拘:被拘捕。 ⑬ 荷担:担起担子。⑭ 盘桓:徘徊的意思。北阙:汉未央宫北面阙名,汉代臣下谒见皇帝多在北阙。 ⑮ 涟如:涕泪下流的样子。 ⑯ 姊弟:姐姐妹妹。⑰ 没身:把自己交给公家没收。 ⑱ 用:因此。 ⑲ 列图:指《列女传图》。以上十四句是叙缇萦救父故事,详见《列女传》。 ⑳ 成居:犹言成家。 ㉑ 简子:指赵简子,即赵鞅。 ㉒ 津吏:管理渡口的小官。 ㉓ 娟:津吏女名。 ㉔ 飨:献。神祇:天神曰神,地神曰祇。 ㉕ 釂:饮干一爵的酒。 ㉖ 愆:罪过。 ㉗《河激》:歌名。

㉘ 超后先:超越前后的人。 ㉙ 辩女:善辩的女子,指女娟。以上是叙女娟救父的故事。据《列女传》载,赵简子举兵伐楚,与黄河的津吏事先约好准备渡河事。但赵简子到时,津吏醉不能渡,误了渡河的日期。赵简子要处死津吏。津吏的女儿女娟抱桨前来,向简子说:“我父亲听说你要渡河,就祭祀河神给你祈祷平安,谁知祭后把剩酒喝了一些就醉了。你要杀他,我愿以身代死。”简子说:“不是你的罪,你怎么可以代呢?”女娟说:“那么就请酒醒之后再杀他吧,让他知道自己的罪过。”赵简子终于免了津吏的死罪。简子渡河,少船手,女娟上船摇楫,中途她唱了《河激》之歌,简子很高兴。后来简子聘娶她做了夫人。 ㉚ 黄初:魏文帝曹丕年号(220—226)。

㉛ 明堂：天子施政宣教的地方。 ㉜ 刑措：刑罚搁置不用的意思。 ㉝ 怨女：指上述诸女子。这句是说，像上述这些怨女现在就无可为了，因为已经没有冤屈的事情了。 ㉞ 景福：大福。仪：来归。

翻译

精诚可以化掉金石，
善心可以感动神灵。
杞梁的妻子痛哭亡夫，
梁山为她坍塌崩倾。
燕丹西入秦国作人质，
乌鸦为他毛白，
马儿为他角生。
邹衍遭陷害被燕王囚禁，
夏日降浓霜为他表明冤情。
关东有个贤惠的女子，
自己起名叫苏来卿。
正当壮年为父报冤仇，
身虽死却留下功名。
女休临刑赦书到，
险些鬼头刀下丧性命。
来卿女休都名列死囚册，

来卿死来女休得生。

太仓粮官犯了罪，

远解长安将定罪判刑。

自悲家中没有男儿汉，

祸患临头无人共担忧情。

女儿缇萦悲痛父亲的话，

担起担子西去长安上书朝廷。

徘徊在宫前北阙下，

眼泪如雨流个不停。

乞求一身兼代姐和妹，

没官为奴赎父罪行。

文帝为她的孝义感动，

便从此废除了肉刑。

她的父亲得到了赦免，

缇萦善辩有义，

《列女传》上留名。

多生男儿干什么，

一个孝女就能把家保全。

赵简子南征要渡黄河，

管渡口的津吏误了军机。

执行军法将要把他处死，

女娟抱着桨前来诉说内情：

我父听说国君来，
要渡深不可测的黄河南征。
生怕河上风起浪涛涌，
为您祭祀河神，祈祷神明。
丰盛的祭品奉献天神地祇，
为君祈求吉祥安宁。
至诚祭祀谁知不胜酒力，
致使他酒醉误事犯死刑。
国君定要把他处死，
乞求等他酒醒使他知罪情。
我甘愿以身代父死！
一片至诚感动苍穹。
国君赞许她的大义，
她的父亲因此被赦免刑。
船到河心她高唱《河激》歌，
赵简子知道她贤德有才能。
南征归来娶她作夫人，
荣耀尊贵她属后宫第一名。
善辩弱女可以救父命，
何况堂堂的男丁。
黄初盛世风调雨顺和气融融，
朝廷施行德教十分英明。

清平的政治带来天下太平，
讲礼乐移风易俗民心醇正。
刑罚搁置百姓无冤屈，
怨女才辩又何处可用！
敬祝圣明的吾皇万岁万万岁，
齐天洪福常常降临您的宫廷。

乐府歌

这是一首四言短诗。前四句以形象的比喻说明谗人的可怕和可恶，他们可以使亲者疏、白者黑。最后两句表白他对文帝还是相信的，只是由于谗人的离间破坏才造成他们兄弟之间的不快。与曹丕之间关系为何紧张，曹植心里很明白，但他为了避免曹丕的进一步猜忌和迫害，不愿正面揭开，只好把一切过错都归之于谗人的挑拨离间。这反映了曹植在险恶处境下以求自保，并希望曹丕能回心转意、谅解自己的一片苦心。

胶漆至坚①，浸之则离。
皎皎素丝②，溺色染移③。
君不我弃④，谗人所为⑤。

① 坚：牢固。 ② 皎皎：洁白的样子。素丝：白丝。 ③ 溺：沉没。移：改变。 ④ 不我弃：即“不弃我”。 ⑤ 谗人：说坏话、进谗言的人。

翻译

胶漆相粘十分牢固，

浸入水中就会分离。

雪白雪白的白丝，

泡进染缸色就变移。

君王本来不抛弃我，

都因小人的流言蜚语。

中华文史名著精选精译精注（全民阅读版）
已出书目

书　名	导读人	审阅人
贾谊集	徐超、王洲明	安平秋
司马相如集	费振刚、仇仲谦	安平秋
张衡集	张在义、张玉春、韩格平	刘仁清
三曹集	殷义祥	刘仁清
诸葛亮集	袁钟仁	董治安
阮籍集	倪其心	刘仁清
嵇康集	武秀成	倪其心
陶渊明集	谢先俊、王勋敏	平慧善
谢灵运鲍照集	刘心明	周勋初
庾信集	许逸民	安平秋
陈子昂集	王岚	周勋初、倪其心
孟浩然集	邓安生、孙佩君	马樟根
王维集	邓安生等	倪其心
高适岑参集	谢楚发	黄永年
李白集	詹锳等	章培恒
杜甫集	倪其心、吴鸥	黄永年
元稹白居易集	吴大逵、马秀娟	宗福邦
刘禹锡集	梁守中	倪其心
韩愈集	黄永年	李国祥
柳宗元集	王松龄、杨立扬	周勋初
李贺集	冯浩菲、徐传武	刘仁清
杜牧集	吴鸥	黄永年

续表

书　名	导读人	审阅人
李商隐集	陈永正	倪其心
欧阳修集	林冠群、周济夫	曾枣庄
曾巩集	祝尚书	曾枣庄
王安石集	马秀娟	刘烈茂、宗福邦
二程集	郭齐	曾枣庄
苏轼集	曾枣庄、曾弢	章培恒
黄庭坚集	朱安群等	倪其心
李清照集	平慧善	马樟根
陆游集	张永鑫、刘桂秋	黄葵
范成大杨万里集	朱德才、杨燕	董治安
朱熹集	黄珅	曾枣庄
辛弃疾集	杨忠	刘烈茂
文天祥集	邓碧清	曾枣庄
元好问集	郑力民	宗福邦
关汉卿集	黄仕忠	刘烈茂
萨都剌集	龙德寿	曾枣庄
王阳明集	吴格	章培恒
徐渭集	傅杰	许嘉璐、刘仁清
李贽集	陈蔚松、顾志华	李国祥、曾枣庄
公安三袁集	任巧珍	董治安
吴伟业集	黄永年、马雪芹	安平秋
黄宗羲集	平慧善、卢敦基	马樟根
顾炎武集	李永祜、郭成韬	刘烈茂
王士禛集	王小舒、陈广澧	黄永年
方苞姚鼐集	杨荣祥	安平秋
袁枚集	李灵年、李泽平	倪其心
龚自珍集	朱邦蔚、关道雄	周勋初